U0589044

史敏　主编

乡野繁花秀山河

中国广播影视出版社

图书在版编目（CIP）数据

乡野繁花秀山河 / 史敏主编 . —— 北京 ：中国广播
影视出版社 ，2019.10（2025.2重印）
　ISBN 978-7-5043-8324-2

　Ⅰ . ①乡… Ⅱ . ①史… Ⅲ . ①新闻采访－作品集－中
国－当代 Ⅳ . ① I253

中国版本图书馆 CIP 数据核字 (2019) 第 144871 号

乡野繁花秀山河

史敏　主编

责任编辑　许珊珊
装帧设计　嘉信一丁
责任校对　张　哲

出版发行　**中国广播影视出版社**
电　　话　010－86093580　010－86093583
社　　址　北京市西城区真武庙二条 9 号
邮　　编　100045
网　　址　www.crtp.com.cn
电子信箱　crtp8@sina.com

经　　销　全国各地新华书店
印　　刷　三河市同力彩印有限公司

开　　本　787 毫米 ×1092 毫米　1/16
字　　数　200(千) 字
印　　张　14
版　　次　2019 年 10 月第 1 版　2025年 2 月第 2 次印刷

书　　号　ISBN 978-7-5043-8324-2
定　　价　69.80 元

（ 版权所有　翻印必究·印装有误　负责调换 ）

编 委 会

主　　　编： 史　敏

编委会成员： 刘智力　　蒋　琦　　张毛清　　毛更伟　　赵　飞

统　　　筹： 靳　雷　　舒晶晶

采　　　编： 史　敏　　靳　雷　　蒋　琦　　张毛清　　毛更伟

　　　　　　　赵　飞　　舒晶晶　　何　鹏　　杨泊轶　　李伟民

　　　　　　　高　凡　　晁向荣　　张　程　　季盈盈　　林慧思

　　　　　　　刘旻嘈　　韩　晓　　许　伟　　陶泽文　　李玲燕

　　　　　　　汪群均　　曹　畅　　白　晨　　姜文婧　　迟　嵩

　　　　　　　夏震宇　　胡晓辉　　韩民权　　苏　平　　孟晓光

　　　　　　　贺威通　　杜　虎　　刘　阳　　梁东霞　　张　慧

　　　　　　　王凤霞　　孙　月　　武倩伟　　郭　蔚　　李胜君

　　　　　　　吴鹏飞

|序　言|

　　乡野繁花，是广袤农村自然生长、各色各样的小花。它们虽然不如那些被人们栽培在园子里精心打理、尽心呵护的名花那么娇艳、金贵，但它们自立、倔强，不论扎根的土壤多么贫瘠、经历的风雨多么狂骤，它们依然如期盛开，蓬勃向上、漫山遍野，秀给祖国壮阔的山河。

　　本书呈现的就是这些"乡野繁花"似的乡土文化人才。他们平凡而朴实，躬耕于陇亩，守望在家乡，用传承或自学的才艺，反映着脚下土地的风俗人情、春秋轮替、时代变迁；他们或书或画，或诗或文，或说或唱，痴迷般地热爱、全身心地追求，传承了文化、提升了自己、美化了生活、创造了收益，还影响了乡邻和乡村。

　　他们的成长奋斗往往孤独、苦涩，甚至最初遭过白眼、受过讥讽，当然最终"执着"感化了家人和社会，得到理解支持和关心帮助；他们绝大多数人没有跟城里人可比的生活条件和学习环境，但"艰难困苦、玉汝于成"，反而磨砺了"成功"最需要的坚忍意志；他们都非科班出身，如今所达到的艺术水准也见仁见智、评价不一，然而并不妨碍他们的"成果"被人喜爱、受市场认可。他们就如那乡野的繁花，虽不金贵，但也光彩照人。

时下中国，乡村振兴正如火如荼。习近平总书记多次强调，要把实施乡村振兴战略摆在优先位置，让乡村振兴成为全党全社会的共同行动。此次策划、报道及编辑出书，也是我们为乡村振兴付出的一次实际行动。愿更多的人从中意识到：乡村全面振兴，离不开乡村文化的振兴，乡村文化的振兴，离不开乡土文化人才；愿乡土文化人才在社会更多力量的关注和支持帮助下，迅速成长、壮大，形成队伍、规模，繁衍至全国数十万个乡村。那样浩荡的乡村文明之风必然为乡村全面振兴提供巨大的能量。

史敏

目　录

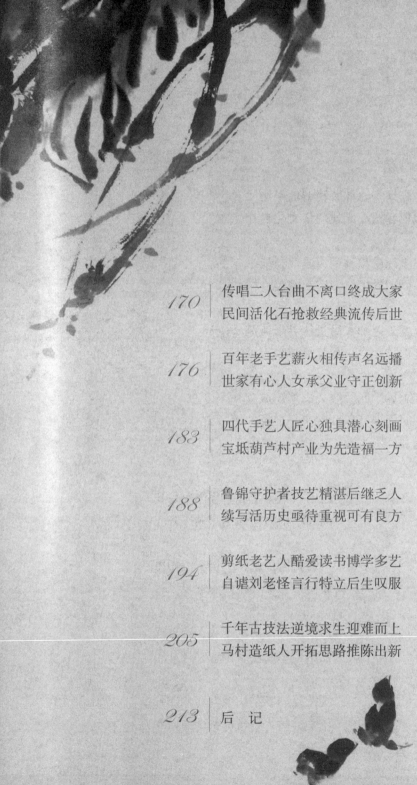

痴迷绘画男梦想成真坚守乡土
资源匮乏村何不寻思借势振兴

本集采写：史敏　靳雷　何鹏

从湖北仙桃市区到熊庆华居住的永长河村，开车需要近一个小时，路上风景平淡，但突然间，一座风格奇特的绿顶房子吸引了人们的注意。和大多数在小路左侧的房子不同，这座房子孤独地坐落在道路的右侧，在水中。这就是熊庆华的家。

熊庆华说房子是他设计的，落地玻璃窗、欧式木质百叶窗、旋转楼梯立柱上的格栅书架、墙上装饰着美制车标、浅绿色泡沫塑料窗台、窗前带有喷泉的池塘……这一切，都让人有种恍惚的感觉：这是在农村吗？

熊庆华倒是很坦然，在这里，他不知接待过多少城里来的人了，有客户、有经纪人，也有记者。他说自己是村里的

1

"文化软实力","不然你要花多少钱才能让这么多人知道永长河村
呢？"他说。

　　虽然是土生土长的农民，但是他却没有一般农民通常有的经历，
比如下地务农或外出打工。因为不出去打工、干农活，村里也有人
背后议论他，熊庆华不为所动，他媳妇没办法，扔下还小的孩子，

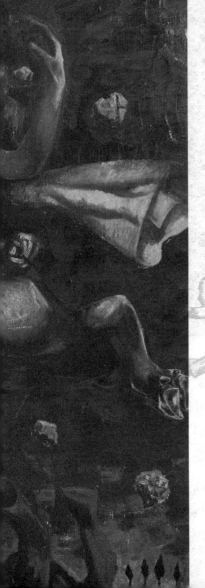

自己到广东打工，支撑这个家。别看媳妇有时忍不住嘴上抱怨两句，但心里对熊庆华还是理解的："他面子薄，受不了别人说他。可是你要出去给人家干活，总是会被说的嘛，他自尊心受不了，所以就干不下去。"

看上去特别安静的熊庆华有颗天马行空的心。他常在放牛的时候遐想：哪天我要是成了大画家怎么办。他说这是他每天都要做的梦。

那时他的小伙伴就是他表哥，表哥画广告画，熊庆华看不上，觉得俗气。他嫌弃表哥只会照着图片或相片画，而他的愿望是画自己的东西。趁放学的时候，他经常在镇上

3

溜达，有意向人家敞开的大门里瞄几眼。这里的人家都会在门厅正中悬挂一副中堂画，很多是古代名画的复制品。熊庆华至今还记得看到范宽的《溪山行旅图》时的感受。

这些都让他情不自禁地抓起画笔，跟着古人画山水。很快，他就发现，由于自己的家乡处于平原，别说古画里的巨峰壁立、飞瀑湍流没有，就连个山包也不容易见得到。如果想画这些，就只有照着别人的画。"这不是我，不是我想表达的。"

熊庆华很快就厌倦了这种照猫画虎的临摹，他说，他想表达一些奇怪的想法。于是，他从线条转向了色彩。

最初的色彩是水粉，有张白纸就上色。他很快注意到，画在纸上不容易保存，有些好东西，很快就不见了。他偷偷地动了画油画的心。

那时候不比现在，油画材料不好买，更重要的是，十几块钱一小管的颜料在他看来，实在是太贵了！为了省钱，他自己制作画布，在白布上做底子。等千辛万苦把这些东西都准备好之后，他突然不敢下笔了，因为好不容易凑成了这些东西，万一画坏了怎么办?!

幸好，有朋友给熊庆华找了份送奶的工作，这份工作不仅解决了他创作的经济来源，也为他省出了大把的时间：每天天不亮就去送奶，回家后可以不受影响地创作一整天。

画画时的熊庆华不爱理人，只有一台收音机陪伴着他。他说他一边画画，一边听中央人民广播电台中国之声，不知听坏了多少台收音机。他就这样，安静地站在画布前工作着，神情淡定，但脑海中，已是千军万马。

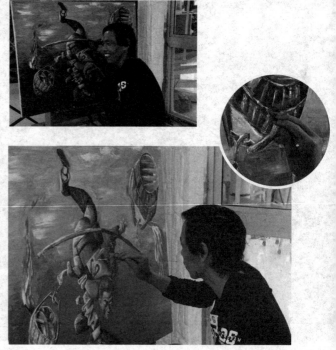

　　熊庆华的画,题材大都来源于他身边的生活:有游戏的乡村少年,有挑水过河瞬间失去平衡的农人,也有抓猪的生动场面……熊庆华每每能捕捉到平凡生活中最生动的瞬间,然后用画笔把它定格。

　　有人说熊庆华是"农民梵高",但熊庆华说他受毕加索影响更大:"毕加索把人、物都简洁成一个个'方',再自己组合,这些都吸引了我,潜移默化地影响着我。"

　　不过现在,是熊庆华告别梵高、毕加索,画出自己的时候了。他说现在正是自己创作的旺盛期,无数想法萦绕在脑子里,"需要三头六臂才能完成我所有想做的事情"。他说他喜欢四处游荡,拍下自

痴迷绘画男梦想成真坚守乡土

资源匮乏村何不寻思借势振兴

己喜欢的场景；也喜欢动手制作，家里的收音机都被他拆遍了，房前屋后的每一个角落都体现出他的用心……

"那么你的目标到底是什么呢？"

"当大画家。"

回答这个问题的时候，熊庆华没有半点迟疑。

随 评

乡土文化及人才是振兴乡村的无形资产

史敏

熊庆华跟诸多成名在乡里的文化人才不同，没想着就势迁往城市以离开穷乡僻壤，去过乡邻们羡慕的美好生活，而是明确要留在乡村、就地实现他的"大画家"梦。显然他考量了如何更有利于他的油画创作。他的油画题材几乎都源于乡土，田里收稻、河里捕鱼、农市交易、骑牛拉车、拖拉机上路、农家少年玩耍，这是他自小熟悉的生活。留守此地，作画的氛围是广袤的乡野、纵横的河汊、淳朴的乡民、入耳的乡音，灵感可能随时迸发并无忌于"天马行空"；而进入大城市，林立的高楼、

痴迷绘画男梦想成真坚守乡土

资源匮乏村何不寻思借势振兴

9

喧嚣的街道、穿戴的讲究、应酬的繁杂，可能真会阻隔、压抑甚至穷尽他那些夸张奇妙的略带粗糙的原生态式的画风。

如此看来，留守乡村，于他当然利好，于村子呢？是不是也是件利好的事？熊庆华自然这样认为，故当记者一再问他对乡村有何贡献时，他说到"无形的贡献""无形的资产"。不知乡里的乡亲们，尤其村干部们是不是认可，有没有想在这无形资产上做开文章。面对眼前这位本土画家，一日比一日有名，慕名而来的城里人越来越多，可以有两种心态和选择：一是美慕、旁观、看热闹；二是借鸡生蛋、借势发财、借力振兴。前者当然不用做什么，咽下口水就可以。后者则要费番心思，并

付诸行动。譬如可以以熊庆华新建的油画工作室兼美丽家园为轴心，整顿周边环境，让河汊更清澈起来，地里的油菜花连片种植更绚丽惊艳，村里的老房子改造成特色民宿，餐桌上摆满用当地有机食材烹饪的佳馔……这里可以是写生基地、摄影胜景、乡村游乐园，美丽乡村就此应运而生。

习近平总书记提出了"乡村振兴战略"，基层的干部群众要开动脑筋、寻找抓手，而乡村文化及人才就是很有力的抓手之一，就看你能不能抓住，能不能实干起来。

痴迷绘画男梦想成真坚守乡土
资源匮乏村何不寻思借势振兴

牡丹甲天下洛阳农民竞相学画
全国第一村画师成百实至名归

本集采写：史敏　靳雷　何鹏

　　洛阳牡丹甲天下。在河南洛阳孟津县的一个乡村，画牡丹的农民成百上千，画的牡丹绚丽多姿、雍容华贵，畅销海内外，也已名扬天下。这个已被注册为"中国牡丹画第一村"的，就是孟津县平乐镇平乐社区。

　　郭泰森，是已故的平乐农民牡丹画创始人郭泰安的弟弟。说起

春风得意至正好
壬辰春 红霞

哥哥，郭泰森的敬佩之情溢于言表。他说哥哥当初是科班出身，画画特别好。1983年，洛阳第一次举办牡丹节的时候，哥哥去现场画画，结果发现，在牡丹节画牡丹是"又应景又好卖"。回来以后，哥哥激动地督促他学画，因为画画可以卖钱。于是，郭泰森就成了平乐村第一批学画牡丹的农民。

放下锄头拿起画笔，对于完全没有美术基础的郭泰森来说就一个"难"字。他和村里几位爱画画的村民每天练习不辍。他随手画出几片花苞，说哥哥当年正是从花苞教他们起笔的，他现在也是这样教他的学生们。

背景：

1983 年，首届洛阳牡丹花会上，平乐村乡村教师郭泰安现场作画获得好评，启发他回村带动大家画牡丹改善经济条件。

之后不久，郭泰安联合村里十余人创办汉园书画院，专攻牡丹画。

2007 年至 2008 年上半年，汉园书画院组织数期培训，授课教师全部由村里的画师担任。到年底，村里牡丹书画爱好者达 1000 多名，专业画师 100 多人。

同期，为迎接 2008 年奥运会，洛阳市组织"千人千米画牡丹"活动，平乐村 100 多位农民画师参与，轰动一时。

2011 年，中国平乐牡丹画创意园区建成并投入运营，同时注册了"中国牡丹画第一村"商标。

2012 年，平乐牡丹画创意园区成功举办第一届全国农民画展。

2012 年到 2013 年，平乐牡丹画创意园区成为 3A 级景区，把文化产业和旅游相结合。

2013 年，平乐村更名为"平乐社区"。

2015 年，平乐牡丹画开始做电商，线上销售。

2016 年，中国平乐牡丹画创意园区将平乐带动打造成为"洛阳淘宝第一村"。农民牡丹画网店活跃店铺达 140 多家。

2017 年，平乐农民牡丹画综合收入超过 1 亿元。

平乐社区现有人口 7500 多人，其中画师 800 多人。

郭艳霞在平乐牡丹画创意园区里有自己的工作室，楼下是画室，楼上是居室。在学画牡丹之前，郭艳霞和丈夫靠种平菇和卖菜为生，她说她是村里最早画画的那一批人之一。当年，大队办专门的绘画学习班，她自己主动报名学习。这一学彻底改变了她的生活，生活富裕了，平菇不用再卖了，她羞涩地笑着说，村里流行这样一句话："一幅画一亩田"，意思是一幅画的收入与种一亩地的收入大体相当。如今，她不仅自己画牡丹，丈夫、儿子也都在画牡丹，一家三口主要从事订单生产，销路不愁。

有数据说，在平乐近千人的农民画师队伍里，有 70% 左右是女画师。来自上屯村的辛慧霞自嘲说，那是因为农村妇女是"剩余劳动力"，出去打工不容易找到合适的岗位，挣的也不如男人多。这回倒过来了。她自己也外出打过工，生了孩子后回到村里。四五年前，她开始学画牡丹。她觉得，画牡丹很适合生来爱美的女性，不但学好了能挣钱，还能提升自己的素质，变得高雅起来。

辛慧霞已经忘了自己画画的"第一桶金"是啥时赚到的了，不过，她说画牡丹是"越画越难"，她心里有个目标，要画得"像王绣老师一样"。她说女画家王绣是她的偶像。画了四五年牡丹，辛慧霞终于觉得自己就像牡丹一样，"中年花开，雍容绽放"。

辛慧霞提到的王绣是国家一级美术师，新牡丹画派创始人。洛阳市政府为了提高平乐农民画师的创作能力，联系了王绣、文柳川

等十余名洛阳知名画家对村民们进行牡丹画授课、辅导、讲座和点评。在市政府的大力推动下，如今的平乐农民牡丹画已经成了社区乃至洛阳市的文化品牌了，参与农民作者近千人，专业画师100多人。原来的平乐村也由于城镇化的发展，五年前更名为"平乐社区"了。

现在的平乐社区党总支书记郭留建说，大家画画以后，不仅收入提高了，而且"气质都跟别的村不一样了"，街坊邻里拉家常，都在聊艺术，问问最近你画了什么，销出去多少。郭书记的爱人也加入了画画大军，据说作品销路也不错。

从1983年开始学画到现在，三十多年过去了，已是河南省美术家协会会员、平乐书画院副院长的郭泰森见证了平乐村民白手起家、靠画画富起来的过程。他不讳言，现在的农民牡丹画还是一种商品画，用色鲜艳，画面丰满，靠卖相取胜。由于几乎所有的画师都是接订单后生产，所以现在还不愁卖。但是，农民牡丹画的未来一定还是需要慢慢画出个性的。

在平乐牡丹画创意园区，和郭泰森一样有艺术个性追求的农民画家不在少数。文静优雅的女画师张勃就是其中一位。她也画了十几年牡丹了，但是直到现在，她还一直在洛阳参加学习，因为"不学习表达不了自己的想法"。她说，以前看过无数次牡丹，但只是觉得特别好看。画画之后再去看，感觉就不一样了。"有一年刚过'五一'，大多数牡丹花花期都过了，我看到地面上落了一层层花瓣，那一次我突然意识到为什么那么多人喜欢

郷野檗花秀山河

18

牡丹了，你看它不光是富贵雍容，它还有一种精神，即使凋谢了，依然那么美，就像我们女子，要美丽一生。"

　　现在，张勃也带了十几个学生，一些学生觉得画牡丹很难，张勃总是鼓励他们随心而动，不要把自己框在一个框框里，因为花是美的，千姿百态，画花更是在表达情感。她微笑着说，要相信，只要画花就画不坏。

随 评

愿"一村一品"的文化产业健康发展

史敏

洛阳牡丹天下闻名,当地农民"借名"致富,从种花赏花到画花,从务农到转型学画卖画,一个村,画师成百、画者上千、年收入过亿,真是了不起的跨越!牡丹题材的花鸟画因寓意富贵,市场需求较大;"牡丹之都"画牡丹又占据区域优势,加上从业者多、附加值高,形成"一村一品"的文化产业,可谓"顺风顺水"。然而要保持其健康发展,仍要在增强创作者的文化底蕴上多下功夫,不可因某方面追求偏颇而迷失,这对于出自乡村的文化产业尤为重要。

牡丹,花大色美、绚丽多姿、雍容华贵,是吉祥富贵的象征,自古就是花鸟画的主要题材之一。历代擅画牡丹者众多,但多是文人墨客,不少还出身官宦人家,如:号称中国古代牡丹第一图《国色天香图》的作者、清代画家马逸,有家学传承；明代画大写意牡丹无人比肩的书画家徐渭，出身官宦家庭。而文化底蕴不高的农民画牡丹，且一个方圆不过几十里的村子，能画牡丹的农民成百上千，真是只有在新中国、在当下的新时代才有。古人若知，该不知会如何惊叹。新时代的农民敢画牡丹，也能画好牡丹，还依此走上了致富的路，平乐村已为我们展现了令人信服的事实。

在为眼前农民创造的文化成就欣喜的时候，我们也应该清醒地看到：文化产业是很特殊的产业，即文化内在的力量是其最重要的支撑；这里农民画的不是一般定义的"农民画"，而是有"文人画"标签的国画，某种意义上"学养重于技法"，因此作为农民画者更需提升文化修养。牡丹之所以被誉为国色天香，是她浑身透出的雍容典雅让人陶醉；国人视其为国花，就是在她身上寄托着对家庭、对祖国美好前程的愿景。可见画好牡丹、能承载这般美好愿景的效果，不是件易事。每位为人提供这类精神产品的画者，首先要提升自身的修养品格，纯洁自己的心灵，难以想象卑劣或粗俗之人能够画好一幅牡丹。此外，还要防止一味向钱看，为了数量而忽略质量，成为商品味浓重的"行画"。这也是平乐村的农民画师们和区县政府的管理部门要格外把握好的。

期盼我们新时代越来越多喜爱国画的农民，通过刻苦学习，既能掌握国画的技法，又能提升作为画外功的文化和道德素质，努力画出精品、神品甚至是逸品，让中国农民骄傲，让国人和外国人敬慕；期盼各地"一村一品"中难得涌现的文化产业，在各级政府的正确引领和扶持下，朝着健康的发展方向越做越大、越做越好。

农民书画院笔趣墨香滋养精神
镇里小学校借力教学师生好书

本集采写：史敏　靳雷　何鹏

　　　　　　　张化云今年 70 岁了，清癯消瘦，但
说话声音很洪亮。站在讲台上，他神情严
肃，要求学生们临摹写字一笔一画都认认
真真，有一种不容置疑的威严。学生们规
规矩矩地喊他"张老师"。然而，张化云
并不是这所小学校的在职教师，他是一名
书法志愿者，是来这义务给孩子们上课的。

2015 年，哈尔滨市团结镇中心小学推进"书法进课堂"，把书法列为教学内容，但教材有了，老师去哪儿找？情急之下，学校找到了镇农民书画院。没有编制、没有劳务费，但张化云毫不犹豫地答应下来，他说："能为孩子们学书法尽点力，多好的事！"

　　黑龙江省哈尔滨市道外区团结镇有着广泛的书法群众基础，张化云虽然是农民，但他从小习书，边耕边学，还曾经系统参加过老年大学的书法学习，说起行草隶篆的特点，头头是道。

　　这里还有很多农民也喜欢写字画画，在张化云所在的百菜村就有五六个，加上别村他知道的还有十多个。他常联络大家一块聚在镇文化活动站，写写画画，相互学习交流。2013 年，他在电视上看到山东成立了一家农民书画院，心里一琢磨，咱们为什么不能？！可是他把想法跟周围的人一说，想不到绝大多数人泼冷水：这事咱们干不成，没钱！

　　张化云很坚持。他说："我们没有条件，可以创造条件。"终于，

农民书画院笔趣墨香滋养精神
镇里小学校借力教学师生好书

团结镇农民书画院在那年 7 月成立了。镇政府给了场地和举办展览等方面的支持，请人讲课和笔墨纸砚的费用由大伙自愿捐款。靠低保生活的张化云，每月收入只有 800 多元，但是几年来，他已经为书画院贴补了五六千元，大家临摹的字帖都是他买的。

张化云说，很多人觉得农民是没文化的群体，他就是想用书法引发农民兴趣，多学点文化。于是，这个瘦弱的老人，逢人就说书法，只要有一点兴趣的，他都拉人家到书画院写字，"只要有意向，愿意学习书画的，我们都欢迎"。慢慢地，书画院的影响越来越大，连附近村镇的书法爱好者也被吸引来了。书画院成立四周年的时候，农民书画院专门举办了一次书画展，镇文化站教室里四壁悬挂着的就是那次的参展作品。

李洪亮也是农民书画院的一员，今年58岁的他看上去起码年轻10岁，他说，这是习练书法的好处，"写字要全身气息畅通"。李洪亮住在泡子沿村，后来做点小生意，他觉得书法能提高人的素质，为人处事更有章法。现在，随着闲余的时间多了，他每天练字的时间越来越长，没事儿也愿意在书画院里和朋友们写字画画聊天。说到张化云，他点头说：大家能聚在一起，多亏了他。

其实，就连去小学校教授书法这事，张化云也想着拉上书画院

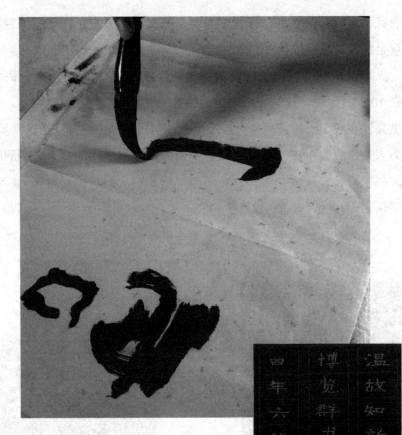

的朋友们。家在民主镇的农民田雪松就是这样被张化云拉去义务讲课的。

田雪松也爱书法，平时以种地为生，闲时到书画院写写字。看他现在自信地点评学校老师们的书法习作，并微笑着鼓励老师们继续努力的样子，完全想不出刚到学校的时候，他还很忐忑呢，毕竟，农民教老师，压力山大啊！不过，老师和同学们的真诚好学很快就打消了老张和老田的顾虑，学校还给他们安排了办公桌。两位志愿者的认真、耐心和扎实的书法功底也赢得了师生们的交口称赞。

很多老师在教学任务特别重的情况下，还是抽时间跟着两位农民志愿者学习书法。好学上进的老师们说，书法不仅是板书的基础，更是中国传统文化的根脉，他们要给学生们做个榜样。学生们就更喜欢张化云这位一丝不苟的老爷爷了，"没等我进学校，这些学生'呼啦'跑出来了，'张爷爷来了''张老师好'，抢着把我的兜子拿到办公室去，我感到既光荣又自豪"。在专业老师和志愿者老师的精心辅导下，这所学校的小学生已多次在区里和镇上的书画比赛中获奖。

如今，哈尔滨市书协已经把团结镇农民书画院作为一个辅导农民书画的培训点。老张的下一个目标是要在镇上建一个书法培训基地。让他欣慰的是镇政府将给予很大支持，若建成将是目前全省唯一一个建在乡镇里的书法培训基地。

为了这个目标，烈日下，他这位 70 岁的老汉，依然拎着那装满书法用品的兜子来回奔波⋯⋯

随　评

乡村美育有益于新时代

史敏

近些年村镇里的"农民书画院"多了起来，过上了好日子的农民书画爱好者，自发或被组织起来，经常凑在一块，请外面专业的老师辅导，相互间切磋交流，拿出作品举办展览。农民们在书画学习和欣赏中，得到美育熏陶，进而提升了品格素养、道德情操。团结镇"农民书画院"的骨干，还自愿到乡村学校为师生传授书艺，使农民的下一代从小即能得到美育。这般"提升自我、传承后代"的美育模式，在当今农村很有现实意义。

我们常说教育的全面发展是"德智体美劳"，其中美育在培养人的素养和情操上有特殊的功效。一个美育缺失的群体，不仅人格素养低下，道德情操也高不起来。试想那些不知言行举止何为美、何为不美的人，在公共场所随地吐痰、乱扔垃圾、胡乱刻画、大声喧哗、插队耍横……能给人们留下什么印象？而那些能认识美、爱好美、践行美的人，言行、举止、服饰，依据场合，或诙谐、或庄重、或优雅，给人的印象总是深刻和美好的。我国由农耕社会发展而来，即使是今天，农村人口仍占大多数。曾几何时，古老的乡村传承着乡贤文化，美育教育不乏；后来长期由于种种原因使得美育教育缺失，乡村与城市的美育差距越拉越大。以至不少乡村环境脏乱差，村容、家貌不美，农民的不文明行为相对普遍。因此，当前的美丽乡村建设和乡村振兴中，把弥补乡村美育的缺失作为其中一环，很有必要。

现今农村，老人多、孩子多，美育的主体自然也是他们。老人们对学习书画有了兴趣，闲时就不会赌博、搞迷信、信邪教，且可修身养性、颐养天年，还会对家里孩子产生美育的正面影响；今天的孩子就是明天的大人，他们从小能受到美育教育，对今后的学习、生活、成才、就业都大有裨益，2012年起教育部门主抓的"书法进课堂"意义也在于此。团结镇创造的老人和孩子美育相融合的经验，值得各地农村借鉴：农民书画院的老年书者，一边努力提升自身技艺，一边奉献余热、走进课堂；镇里的中心小学，聘请学有所成的老年书者来任课，解决了书法教师缺少的问题，且带动了其他教师也学练书法，形成了良好的美育氛围。

　　在为这些老人、孩子和学校点赞的时候，我们的各级文化部门和各位专业或业余书画家，是不是也应该想想我们能为乡村美育做点什么。如：你是"书协""美协"，能不能在组织书画家"美丽乡村写生"时，给当地乡村的老人、孩子讲讲书画？你是专业或业余的书画家，能不能抽些时间下乡去当几天志愿者？或拿出一点资金购买一些笔墨纸砚捐给他们？总之，我们应该重视乡村美育，从人力、物力、财力上给予扶持。当我们的农民有了美的向往和追求，尤其是那些在农村出生成长的孩子，能够为美而生活、为美而创造，那整个社会将会何等受益?!

古稀艺术家兢兢业业推陈出新
父子两代人醉心传承民间技艺

本集采写：韩晓

在山西省清徐县孟封镇杨房村，有一位 71 岁的老人，名叫杨宗新。他醉心于剪纸、绘画和砖雕艺术，对醋文化和三晋饮食也颇有研究。

从 2018 年开始，杨宗新就在研究一种对他来说全新的艺术创作——"黑白画稿"：A4 大的画纸上，一名窈窕的女子立在画中，周围布满了用黑色画笔勾勒出的花纹和图形。

杨宗新说，这种"黑白画稿"不仅有欣赏价值，还具有使用价值——不管是砖雕还是葫芦烫画，只要按照画稿中黑色的部分拓印，就能把纸上的图案轻松印到其他物体上。

杨宗新的"黑白画稿"多以神话人物为主，按他的话说，这些神仙妖怪谁都没见过，可以让他充分发挥自己的想象力。

虽说年过古稀，但杨宗新对创新的追求却一点不比年轻人少。在一幅画着八仙之一——曹国舅的黑白画稿中，曹国舅被设计成怒目圆睁的形象，人物的周围则围绕着长相奇怪的蝙蝠、鱼等有着吉祥寓意的动物。一直以来，在其他文艺作品中，曹国舅的形象总是穿着官服，腰系玉带，手持玉板，表情柔和。像杨宗新画中这样，以正义表情示人，又包裹在丰富图像之中的，还是头一次看到。

杨宗新说，虽然自己的作品来自民间，专业性没办法和美术学院的教授相比，但是自己的作品一定是独一无二的。"你叫一个美术学院的教授过来，他还真想不出我这样的画呢"，他这样打趣道。

杨宗新从小生活在农村，小时候，姥姥喜欢剪纸，逢年过节总会在家里画图稿，看着看着他也就学会了。刚刚上小学，杨宗新就开始嫌弃姥姥画得不好看，于是，开始了自己的剪纸创作。凭借着独特的想象力，他试着画出、剪出多种图案和人物形象。慢慢地，杨宗新的绘画和剪纸在村里火了起来，附近的村子也经常邀请他帮忙画画。1995 年前，杨宗新最主要的工作是为山西各地的企业进行剪纸绘画。后来，清徐县政府也开始邀请他参与相关项目研究。现在，杨宗新的作品已经成为当地馈赠外宾的国礼，有 200 多件作品被世界各地的国际友人和华侨收藏。

这样一来，杨宗新干得更带劲儿了：研究剪纸时，他剪出了《三国演义》故事中的各路英雄，他的剪纸作品集《中国古神话传说系列》厚度达 10 厘米；研究醋文化的时候，他写出了 30 万字的《食醋文化纵横谈》；研究三晋美食，

写出了《山西面食大全》，等等。

　　尽管获得了众多荣誉，杨宗新却一直保持着谦虚的态度。他总是说自己是个"打工的"，不管是和企业合作，还是和政府部门合作，他都要把这份工打好。他诚实地告诉记者："我做艺术的出发点并不是要传承山西民间文化，但是做着做着，文化就这么被我传承下去了。"

　　杨宗新对艺术的态度，也影响了他的孩子们。他的大儿子杨宇雷说，自己的父亲是个伟大的人，他坚守民间文化的决心值得自己学习。

　　杨宇雷现在也在忙着画画。他有一个爱好，就是研究"农耕文化"。在他的工作室里，杨宇雷拿出一摞包装严实的画稿，里面描绘的都是春耕、插秧、磨豆腐等农耕场景。杨宇雷还会抽时间去各地农村收集木质的农耕工具。在他家最大的厢房里，各式各样的农耕

杨宇雷正在绘制"农耕文化"画稿

工具已经快堆到了屋顶。用杨宇雷的话说，现在的小孩子只知道玩手机，他要收集一些东西，记录一些事情，让以后的人记住农村。

现在，杨家父子又多了一个共同的身份：老师。在太原，杨宗新每周都会去各个中小学，教孩子们剪纸，给他们讲解山西民间文化；而杨宇雷则从附近村子收了几名徒弟，教他们"农耕文化"的画稿制作。

杨宗新告诉记者，他有三个孩子，另外两个都已经去了城市工

杨宗新剪纸作品·刘三推车

父子两代人醉心传承民间技艺

古稀艺术家兢兢业业推陈出新

35

作，唯独大儿子杨宇雷，从小到大都没有离开自己的村庄半步。他为自己这个在农村的儿子感到骄傲。

作为土生土长的民间艺术家，杨宗新总感觉，他这辈子可以给子孙儿女留下的就是他的作品，这不仅是宝贵财富，也是他来过人间，没有白活的证据。

随 评

做什么比为什么更重要

韩晓

杨宗新说自己只是个"打工的"，因为几十年来画画、雕刻都是为了挣钱养家。自己钻研艺术、开发新作品，都是为了获得更多的订单，这样才能多挣钱。也正因如此，杨宗新的艺术事业，迎来了做得越好、挣得越多的正循环。如果说从一开始就为了追求艺术而努力创作，并且获得了认可，是一种天赐的幸福，那么为了生计而绘画，并且画得很好，画

乡野繁花秀山河

杨宗新剪纸作品：黛玉

出了全新的生活，更是一种难得的成全。更何况，杨宗新父子所画所写，还传承了一方的乡土文化。

其实很多事情都是多重原因的结果，杨宗新自诩"打工的"，却也绝不只是工匠而已。他是热爱艺术、热爱乡土文化的，所以他才能把内心的热爱转化成艺术作品，才能几十年如一日，坚持创新，灵感不断。可见，"打工的"只是杨宗新谦虚低调的自我定位，他真正实打实做出来的事情，却是一位名副其实的乡土艺术家。他带着儿子去乡间采风，收集乡村老物件，把民间故事融入绘画和剪纸中，最难得的是大胆创新，把传统融入时代步伐中，让民间艺术永远保持生命力。

都说搞艺术是烧钱的，但是我们看到，艺术在杨宗新的手里，不仅发扬光大，还能养活自己。对于相对缺乏资源支持的乡土艺术来说，这是再好不过的事情了。如今，杨宗新还把衣钵传给了儿子，乡土文化有了新的传承。无论是否有心，这"柳"已成荫，迎风摇曳，健壮挺拔。

曾为楚国都地灵人杰文脉绵延
乡土作家群比学赶帮惊羡世人

本集采写：史敏　靳雷　何鹏

钟祥自有一种神奇。

明朝嘉靖皇帝出生在此，兄终弟及当了皇帝后，他力排众议，把亲生父亲的王墓升格，让远离京城的江汉平原上多了一座帝陵。

钟祥还是远近闻名的长寿之乡，一个县里的百岁老人有100多位。

但是最令人惊讶的，还是这里的"一县一品"，不是稻米，不是果蔬，不是非物质文化遗产，而是"乡土作家群"。

钟祥是湖北荆门市所辖县级市，钟祥乡土作家群形成于20世纪80年代，现有乡土作家400多人，其中，农民作家占会员总数的三分之二以上，其中不乏大名鼎鼎的余秀华、艾晶晶、王世春等人。这支乡土作家队伍累计已经出版文学专著400多部，在国家级、省级报刊发表诗歌、散文、小说等各类文学作品20000多篇。2011年，钟祥乡土作家群获得湖北省"一县一品"基层文

钟祥乡土作家（左起）：龚银娥、陈军（苦乡）、记者、罗贤能、杨书义

化品牌创建奖，成了钟祥响当当的文化品牌。

几乎无一例外的，乡土作家的起步都和自己的生活息息相关。曾经获得"当代文学奖""全国青年文学奖""路遥青年文学奖"的王世春，他的处女作《今夜好难熬》就是他在胡集镇五里牌村当村支书的感受的文学再现；《春忙春茫》《秋获秋惑》等作品也都充满着浓厚的乡土气息。

陈军，本来在钟祥市罗汉寺种畜场务农，这个笔名叫"苦乡"的农民作家，一直骄傲于他是"湖北第二位写出了百万字长篇小说的作家"，而第一位，则是大名鼎鼎的写出了《李自成》的作者姚雪垠，第三位，则是凭借四卷本《张居正》获得 2005 年茅盾文学奖的熊召政。

陈军经历丰富，习过武、当过兵、种过地、打过工，但给他带来最大骄傲的仍然是写作。他说，有人告诉他，文学要源于生活、

作为"娘家人"，钟祥市作家协会郢南分会精心收集了各媒体对钟祥乡土作家的报道

高于生活。这句话，他听到心里去了，"记得真真的"。于是，不论多忙多累，他也要记笔记，把看到的、听到的、想到的都写下来，整整写了1000多万字，才成就了他的"百万言"作品《绿野纯情》，主人公柯喜是个农村青年，当过特种兵，也打工也经商，虽然陈军

不承认，但是作品里满是他生活的影子。

没有人说得清为什么在这里会形成这样一个独特的乡土文化作家集群现象，但是一群热心人背后的努力推动显然对维系这个群落的生息起着巨大的作用。

杨书义，今年已经 78 岁了，作为钟祥市作家协会副主席、郢南分会主席的这位老人，并不是钟祥人。他从河南移民到这儿，当老师。自从 2000 年退休后，他就把所有的时间都用在作协的工作上了。

78 岁的老人，在湖北如火的 7 月，整整改了一个月，将高中生李慧 24 万字的长篇小说《雨季边缘》修改成 18 万字并出版。

农民工作家王国平在深圳做保安，回乡的时候把小说手稿带在身边，70 万字的小说，杨书义一个字一个字地看过来。就连郢南分会副主席、75 岁的罗贤能也是老杨发现培养的。

75 岁的罗贤能当年也是一位种地的农民，但是写作却是他心里的梦想。小小的作协办公室里成捆的书稿最上面就是一本泛黄的油印小说《神树》，作者处是手写刻上去的三个字"罗贤能"。

曾为楚国都地灵人杰文脉绵延
乡土作家群比学赶帮惊羡世人

两位老人搜集齐了钟祥乡土作家们的所有作品,三间小小的房舍里被一摞摞的书堆满。

陈军没事的时候也会来这里转转,一边翻翻其他作者的作品,一边问他的《严嵩与嘉靖皇帝》的精装本有没有存。

在北京打工的两年,陈军当过群众演员、社区报的编辑,甚至还竞聘过一家大型杂志的主编,直到最后一关才因为学历败走……《绿野纯情》出版后,受湖北老乡熊召政的影响,他转向历史文学写作,出版了《严嵩与嘉靖皇帝》。两本书之间,相隔十年,而这十年,他几乎全用来跑图书馆了。

龚银娥是钟祥市文联创联部主任,她现在还记得陈军最早用笔记本写小说,"这么厚的笔记本,十本,送到文联来"。

龚银娥自己也是"钟祥乡土作家群"中的一位,她坚持写散文已经20年了。她说,跟别人用业余时间唱歌、打牌、跳舞一样,写作,对于他们这样一群人来说,就是一种快乐。"我写了一篇小散文在《长江文艺》上发表了,我就很开心啊。"

钟祥乡土作家有微信群、QQ群,他们相互鼓励、相互提携。"有时候,我们也会把文章拿出来交流,看哪个地方需要改进一下。"龚银娥说。她说除了已经成名的几个人,很少有乡土作家能够通过写作赚钱。从写作技巧上说,他们的作品也需要打磨。但是,乡土作家的价值在于他们记录了生活,记录了历史。"因为我们每天都在写,写自己的生活。几十年后,从哪里去发现现在的中国乡村?就是从我们的作品里。"

曾为楚国都地灵人杰文脉绵延
乡土作家群比学赶帮惊羡世人

为如此给力的基层社团组织点赞

史敏

我们常说"有事找组织"。组织是什么？组织就是人们为实现某一愿景而建立的"家"。这个"家"有服众的家长，有和谐相处的一家人。依靠这个"家"，家长能为你指明道路、指点迷津；家人们可以相互帮助、相互促进。湖北荆门钟祥市作家协会就是这样一个"家"。只是让人没想到，这样一个最基层的、陋室般的"家"，却能生成一个乡土作家群，且群星闪烁。

钟祥自古人杰地灵、文脉相承，然而放眼全国有文脉的地方决非仅此一地，别处却鲜有听说以"群"显现的乡土作家。如果没有"组织"的作为，即使乡土里有写作人才，也可能仅是几株小苗，自生自灭，难成大树，更难成就一片树林。钟祥作协之所以可赞可叹，就在于有作为、会作为。首先是作协有帮领头的热心人，既自己带头创作，又积极发掘人才、培育人才、服务人才。如钟祥作协副主席兼郢南分会主席杨书义，原是业余爱好写作的教师，自退休后一心扑在作协工作上，今年78岁了，仍老当益壮，为人作嫁衣裳。那些"被"发展入会的乡土作家，不论留守在乡村的，还是外出打工的，都跟家里的"组织"保持着联系，了解信息、汇报想法、申请帮助，大伙比学赶帮，作品便一部部涌现出来。他们在作品里记录时代、反映生活，提升了自身素养，又带好了乡村里的风气。这里的人劳动之余，最爱的就是健康的文化生活，自然赌博、斗殴、搞封建迷信等没有市场。

回顾当年，广大的农村有多少类似这样的文化"组织"，多少活跃的文化站、广播站。如今不少"组织"架构大了，成了文化中心、广播电台电视台，还有文化方面的各类"协会"，但是不是都在积极发挥作用，都有大作为呢？有没有在那摆虚架子的？可对照钟祥作协及其郢南分会的作为，看一看、想一想。希望我们县、乡的各级、各类文化"组织"都能往实处办，营造文明乡风，为乡村振兴立下头功。

曾为楚国都地灵人杰文脉绵延
乡土作家群比学赶帮惊羡世人

45

网红女作家记录乡里妙笔生花
恬淡赤子心守护历史振兴家乡

本集采写：韩晓

　　早上5点，孩子的一阵吵闹声打破了宁静，赵萍萍从床上爬起来，开始了一天的忙碌。作为奶奶，现在，她的主要工作就是照看孙女。然而，这个看似普普通通的农村妇女还有另一个身份，那就是当地

贺坡村古巷

出名的"网络作家"。

赵萍萍家住山西省泽州县大东沟镇贺坡村,这个村子虽然不富裕,却很出名。每到周末,都会有来自各地的旅游者游玩拍照。要问起这些游客是从哪里得知贺坡村的,他们都会说,是从一个叫"旷谷幽兰"的作者那里得知的。"旷谷幽兰"正是赵萍萍。

今年47岁的赵萍萍看上去并没有作家的样子,虽然她皮肤白皙,穿着时尚,但眉眼间流露出的仍然是农家人善良淳朴的性格。年轻时,她是村里的幼儿园老师,大家对她的印象是"有文化"。现

网红女作家记录乡里妙笔生花

恬淡赤子心守护历史振兴家乡

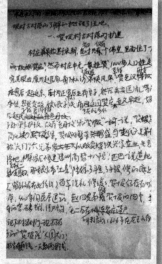

"我的家乡贺坡"手稿

在，她已经成了贺坡村的一张名片。

其实，赵萍萍并不是土生土长的贺坡村人。20多岁时，她从本镇的辛壁村嫁到了这里，那时，赵萍萍对贺坡村的评价只有一个字——"穷"，以至于出去和别人聊天，她都不愿意说自己是贺坡村的人。直到2012年，一次偶然的谈话，赵萍萍得知贺坡村里有很多古老建筑，喜欢历史的她，才开始重新认识这个生活了20多年的地方。

出于好奇，赵萍萍询问了不少村里的老人，向他们打听贺坡村的历史文化遗址以及背后的故事，这一打听便入了迷。她没想到，这里不仅有明清时期建下的五庙五阁，还有一些极具特色的古建筑，如明暗院、四合院、十八院等。

回到家，赵萍萍难以抑制自己激动的心情，她拿起纸和笔，写下了刚刚的所见所闻，而这篇记录文字，也成了"旷谷幽兰"的处女作——《我的家乡——贺坡》。

回想起这篇文章，赵萍萍到现在都觉得不可思议。当天晚上，她只是心血来潮，在QQ空间写了一篇小文章，一觉醒来，竟然会得到近100条留言。又过了几天，这篇文章竟然被朋友拿走转发，还登上了当地有名的微信公众号。一下子，赵萍萍从默默无闻的农村妇女，成了晋城市小有名气的网络作家，还有了一个新的称呼——"网红"。

对于这样的赞誉，赵萍萍有些受宠若惊。不过，既然大家喜欢，那就多写一些贺坡的故事。于是，她又陆续发布了《贺坡村老街与五庙五阁》《父亲印象中的乾明寺》等文章，不仅遣词造句更加精美，而且还配上了她精心拍摄的照片。而贺坡村也在这些作品的宣传之下，被更多人所了解。

看见赵萍萍慢慢有了名气，村里人会开玩笑地说："你现在出名了，可以去外面试试运气了。"而当记者认真地问她，有没有想过走出贺坡村，去更广阔的空间发展？赵萍萍沉默了几秒钟，然后认真地回复道："我真的没有想过那么远。"

赵萍萍说，她就像自己的笔名"旷古幽兰"一样，默默地开放，

父亲印象中的乾明寺

赵萍萍

星期天去辛壁看望父母，闲聊中谈到刚刚修缮一新的乾明寺，相约风和日丽时闲逛一圈。乾明寺离辛壁村很近，二三里地。以前村里人晨练经常去那，然后三三两两慢慢悠悠喷着闲话就溜达回来。

父亲印象中的乾明寺

不悲不喜，不去追逐什么，也不去强求什么。她觉得，自己的实力还不足以走得更远，而更重要的是，她只爱贺坡村，她的写作，只是出于对贺坡村单纯的热爱。

现在，赵萍萍不仅继续着自己的写作，同时也是贺坡村的通讯员，为当地报社和杂志采写贺坡村的新闻报道。除此以外，她还有

一项重要的工作，那就是和村里的两位老人一起，撰写贺坡村的村志。两位男人负责出访各地，寻找和贺坡村历史相关的信息，而赵萍萍则扛起了在村里的研究和记录工作。

在大家眼里，这位腼腆的女人一旦说起和贺坡村相关的事情，她的眼里总会闪出一丝光芒。曾经有人问她，你是从外村嫁过来的，为什么对贺坡村如此迷恋呢？对于这个问题，赵萍萍用了两个比喻来回答，她说："贺坡村是一本厚重的历史书，它记载着从明清直至新中国的历史，一页又一页，它那么生动，那么感人，那么真切。而那高高的城墙、厚重的古砖，会让人觉得，这不仅是一本书，还是一个人，是一位德高望重、见多识广的耄耋老人，他好像默默地站在那里，向后人述说着他曾经的荣辱与兴衰、辉煌与显赫。"

赵萍萍说，贺坡是她的第二家乡，也是她一辈子的家乡。她宣传贺坡的目的，就是想保护和传承这里的文物资源，并为社会各界了解贺坡村的身世打开一扇窗户，为贺坡村厚重的文化遗产扩大知名度。

随 评

乡野间的创作最令人心动

韩晓

如果要问，乡野繁花之中，赵萍萍是哪一种花，我想她一定是一朵自在盛开的山兰，就像她的笔名"旷谷幽兰"，默默无闻，却芳香四溢。她有自己的追求和爱好，有自己的审美和判别，既不流俗，也不孤傲。这与我们惯常认知中的在家带孙子的农村女性形象，截然不同。其中的关键点，我想应该是文学的影响，以及对乡土文化的热爱。

和很多从事文艺工作的人一样，赵萍萍最开始的创作也是来自内心的冲动，凭着一股热情下笔。无心栽柳的成果，意外地走红网络，这本不是赵萍萍的初衷。但让她惊喜的是，自己的心声在网络上得到了共鸣，甚至引来了陌生人对自己家乡的关注，还有蒸蒸日上的旅游行业。眼看着乡亲们的生活就要因为自己的文字而改变，那种满足感和成就感，实在是让人心动。

当文学遇上乡野，激发出的一定是纯粹、浓郁又朴实的情感，此时不需要太华丽的辞藻，不必纠结遣词造句，跟着感觉下笔，就一定是吸引人的作品。这样的例子不胜枚举，比如农民作家余秀华、马慧娟、周春兰，等等，还有《乡野繁花秀山河》系列报道中推出过的山东农民作家潘维建，他们往往没有很深的文字功底，只是因为热爱自己那片热土，于是拿起笔，记录下了一篇篇附有灵魂的文字。

在农村，像赵萍萍这样的普通人有很多。他们有的在写作，有的在剪纸，有的在摄影，有的在歌唱……如果问问他们，不走红、不知名，还会继续现在的创作么？还会继续扎根农村么？他们的回答一定是——会的！因为当初的创作就是起源于对乡野的热爱，而离开乡野，他们的作品也会失去原来的味道。他们和他们的艺术创作，已经和这片土地深深地融合在了一起。

艺术给乡村带来了机遇，而乡村则是艺术的灵感之源。乡野间的创作最令人心动。

致敬所有的乡野创作者。

网红女作家记录乡里妙笔生花
恬淡赤子心守护历史振兴家乡

东丰两兄弟砥砺半生光大祖技
多彩农民画描绘生活留住乡情

本集采写：晁向荣

这是记者时隔六年第二次采访李俊敏、李俊杰兄弟。再次走进李俊杰的个人画室，墙上的染料点子依旧是这个不足10平方米的屋子里最好的点缀。

地处长白山分支哈达岭余脉的吉林省东丰县是一个五山一水四分田的半山区，独特的地理位置，诗意的田园风光，让这里的人们天生就富有艺术的创造性。因此，这座在光绪年间被封为"皇家鹿苑"的中国梅花鹿之乡，还有另外一个身份——与陕西户县、上海金山并称三大农民画之乡。作为东丰农民画的领军人物，李俊敏、李俊杰两兄弟可是当地响当当的人物。

追溯东丰农民画的历史，永远不能忽略一个小山村——前秀水乡红榔头村。早在两百多年前，生活在这里的人们就对民间美术产生了浓厚的兴趣，最具代表性的就是李氏家族。李氏家族祖传木匠、棚匠手艺，擅长民间剪纸、枕头顶、彩棚画、毛草纸画等民间美术，他们惟妙惟肖的绘画作品，深受老百姓的喜爱。村民李洪山受到母亲影响，常常为乡里乡亲做剪纸、刻木雕、彩绘棺材画、糊彩棚，而李洪山的两个儿子就是后来继承和发展东丰农民画的李俊敏和李俊杰。

20世纪70年代，正当年的李俊杰初中毕业后回乡务农，那时候让李俊杰最苦恼的是山沟里没有报纸，也听不到广播，对知识文化的渴望让李俊杰十分苦闷。为了排解情绪，李俊杰就拿起笔画画，而他学的全是父亲民间画的花样子。之后到县大队的磨米点上班，他看到了家乡的山山水水，看到了身边可爱的乡亲和富有特色的生活习俗，心中总是会不断地涌出创作欲望。而让哥俩没想到的是，正是在磨米点的经历，开创了东丰农民画的新纪元。

李俊敏告诉记者，他们所上的中学就在磨米点附近，那时的俊杰有活儿就磨米，没活儿就画画，学校的学生看他画画挺好，就产生了兴趣，一来二去就有一伙人跟他学画画，这就是东丰农民画的雏形。

李俊杰展示草稿

1975年，在秀水乡成立了文化站，李俊杰成了首任站长，1980年前队伍逐渐扩大。从1980年开始，李俊敏也进入文化站，一待就是30年。李俊杰说，父亲李洪山可能怎么也不会想到，当年坐在身边看自己画棺材画的两个儿子竟然用一支画笔转变了农民身份，改变了面朝黑土背朝天的生活。而两兄弟也没有想到，磨米点旁边诞生的业余美术小组，竟在恢复高考的第一年就培养出了4位大学生。

56

在东丰县的西城区内巍然屹立着一座现代建筑，这里就是东丰中国农民画馆。农民画馆一楼有一间画室，是东丰县专门为李俊敏、李俊杰开设的工作室。同时，这里也成为当地农民画爱好者交流的"沙龙"。退休后的两兄弟经常来到这里为想学画的农民免费传授技艺。李俊敏说，农民画是农耕文化的载体，通过这种艺术形式，把农耕文化的形象活化起来、固化起来，保留下去、传承下去，这也能为后人留住一份乡愁，保留一份乡情。

如今，李俊敏、李俊杰的作品被各大美术馆、拍卖行争相收藏、收购。但对于兄弟俩来说，如何为农民画培养后备人才才是他们心中的头等大事。

"农忙时扛锄种地，农闲时拿笔写意。"让李俊敏、李俊杰欣慰

东丰两兄弟砥砺半生光大祖技
多彩农民画描绘生活留住乡情

的是，如今，越来越多的农民愿意投身到农民画创作中，通过政府牵头搞营销，举办全国性的农民画展推介、注册全县统一的农民画商标，东丰农民画打开了市场、找到了销路。目前，东丰农民画家作者已达到 5 万多人，其中学生作者占了一大半，销售额达到 2000 万元。小小的农民画，给了东丰农民一块可以用画笔耕耘的"黑土地"。如今，这片土地已经是一片"稻香谷香"。

随 评

乡村艺术需要更多年轻人的守护

晁向荣

"几笔勾勒似云锦，点墨绘出心中情。"以李俊敏、李俊杰为代表的东丰农民画作者们，不仅在黑土地上耕种粮食，还丰收了艺术。作为从土地中生长出的民间绘画形式，农民画贴近于农民生活、创作于乡村环境，具有非凡的时代感，可谓生产劳动和艺术追求的结晶。

然而，近年来随着越来越多的年轻人不再务农离开土地，"五谷不分"不再仅是城市人的标签，农民画的继承与发展遇到了前所未有的挑战，年轻人笔下的农民画渐渐少了"农味儿"，这让两兄弟倍感遗憾。

艺术来源于生活。我们看到，李俊敏、李俊杰自小从棺材画等民间艺术中汲取养分，在黑土地里寻找灵感，将乡风民俗元素归于笔下，致力于描述农家生活，将农民心中的酸甜苦辣

东丰两兄弟砥砺半生光大祖技
多彩农民画描绘生活留住乡情

浓缩于一方小小的画纸，这不仅仅是靠天赋异禀，更多的是常年扎根于乡村，用双手触碰泥土得来的灵感。因此，要想让农民画经久不息地焕发光彩，持续不断地给农人生产生活带来美好体验，就需要更多的年轻人走近乡村、品味乡村、守护乡村，在泥土中不断汲取创作的养分。

把千百年流传下来的文化艺术的传承任务，都压在传承人身上，显然是不够的。李俊敏、李俊杰两兄弟用数十年的努力使东丰农民画成为当地一张响当当的名片，接下来就是如何吸引更多人加入进来，有更好的推广和经营办法。

我们欣喜地看到，东丰县在农民画发展、画乡建设上已形成了机制，打造出创作队伍规模最大化、政府推动力最强化、创作骨干年轻化、培训体系专业化、作品营销市场化的发展模式。这还需要当地创造更好的创业环境、生活环境、文化环境留住乡村青年，让越来越多的年轻人回到家乡。这不仅仅是对农民画的守护、对乡村文化的继承，更重要的是乡村振兴的现实需要。农村这个艺术的宝矿需要更多的李俊敏、李俊杰来守护。

年画新生代传承非遗朝气蓬勃
建设新农村开阔视野蒸蒸日上

本集采写：史敏　刘旻嚞

在四川省绵竹市孝德镇的西南面，有一个安静的小村子。射水河的一条支流从村里穿行而过，每一座农家院落的白色外墙上，都工工整整画着色彩艳丽明快的年画，有的画胖娃娃，有的画民间小故事，主题各不相同。这儿，就是年画村。

绵竹年画起源于北宋，兴于明代，盛于清代。2006 年，绵竹年画入选首批中国非物质文化遗产名录。年画村，则是当代绵竹年画

年画村

传承人的汇集之地。

年画村从前叫作箭台村。2008 年汶川地震后，箭台村受损严重。在江苏援建资金的支持下，全新的箭台村很快便建设完成。地震前孝德镇上零散的年画作坊和年画企业便都聚集到了这里，箭台村也因此改名年画村。

陈强，今年 38 岁，是绵竹南派年画传承人陈兴才最小的孙子。在他的印象里，小时候，他们一家人总是农忙的时候忙农活儿，农闲的时候制作年画。到了腊月过小年的时候，一家老小就把制作完成的年画背到各个乡镇，摆地摊贩卖，以贴补家用。

年画究竟是什么，年幼的陈强并没有太多概

陈刚正在进行木版雕刻

绵竹木版年画

念，他只知道，每到卖年画的时候，他总是特别开心。因为只要卖了年画，爷爷就会给孩子们钱，买糖吃。

从前每到过年，家家户户会在大门、二进门甚至每个屋里都贴上木版年画。随着时代的发展，大量机器印制年画出现在市场上，一对只卖两元钱，可年画村里手工绘制的绵竹年画，一对售价一百至两百元不等。

陈强的堂哥陈刚说，一个时代就会淘汰一样东西，像他们小时候见到过的BB机，现在根本都看不到了。作为年轻人，他们只能尽量原汁原味地传承木版年画这份手艺。

外面的世界纷繁复杂，陈刚却选择安静地坐在了年画村，坐在了木板前，雕刻再雕刻。他说，自己一年之中有半年的时间都在雕刻。

在年画村里，有个古香古色的三彩画坊，一进门是年画刺绣展示厅，再往里走，画坊的销售柜台上，摆放着各种年画衍生产品，比如印着年画图案的真丝围巾、木质小板凳、阳伞，等等。

在三彩画坊的后院，有个开放式的小木屋。小木屋里，摆放着一个长桌。桌前，一位男师傅正忙着雕刻年画木版，另一位女师傅，右手攥着两支笔，正在给十几幅"八仙过海"的传统年画上色。

这个小木屋还有一个功能，那就是非遗体验区。每到假期，总

正在绣年画

正在绘制年画

年画新生代传承非遗朝气蓬勃
建设新农村开阔视野蒸蒸日上

65

会有很多游客，或是家长带着孩子来这儿体验木版年画的制作过程，感受中国传统文化。

目前，年画村农业人口约有 2000 人，占全村人口的三分之一。截至 2017 年，全村直接或者间接参与到年画创作销售的农户达到上千人，年画产值全年约 1000 万元。

艺术源于生活，而艺术产品，最终需要回归生活。绵竹年画村也开始跳出传统年画的框架，一方面开始根据市场需求，研发不同类型的年画产品，另一方面以"年画"为品牌，大力发展乡村旅游，推进新农村建设。

下个月，陈强团队设计制作的年画茶壶即将投入生产。据陈强介绍，他们现在通过一种特有的做法，把年画的图案印在透明的玻璃茶壶上。陈强说，待年画茶壶上市之后，他还要给这个新产品申请专利呢。

文明家风

随 评

年画新生代"新"在哪儿

刘旻嗒

　　随着社会的发展，农村地区过小年贴门神、贴年画的习俗慢慢在淡化。即便还有人家保留着贴年画的传统，他们也更愿意花2元钱买一对儿机器印制的年画，而不是花200元买一对儿手工制作的木版年画。作为国家非物质文化遗产，木版年画需要得到传承，但面对逐渐萎缩的市场，年画村的未来，该何去何从？我们在陈强那里看到了不少创新的做法——这个"新"，不仅指的是作品新、花样新，更是把年画融入新农村建设中的想法新、惠民的角度新。

　　首先，跳出"贴门神"这种传统年画的固有市场模式，以"年画"为母体，打好、打响"年画"这张名片。在各级政府的带领下，年画村现在已有年画生产企业15家。他们不仅承担着传承传统年画制作工艺的责任，还不断向外拓展市场，研发出了与年画相关的工艺品、消费品，如年画刺绣、年画茶壶、年画靠枕等。

　　除了传统的销售方式，村民们还充分利用互联网开设网店，投放网络调查问卷以确定今后生产的产品种类。据统计，截至2018年年底，全村直接或者间接参与到年画创作销售的农户达上千人，年画产值全年约1000万元，基本形成了"以文化带动旅游、以旅游促进文化发展"的区域格局。

在年画村三彩画坊正门两旁，挂着"四川省妇女居家灵活就业示范基地""农民夜校实践基地""四川省巾帼创业创新培训基地"等大小不一的六块牌匾。很多留守村里的妇女在这里有了重新学习的机会。她们跟着老师学习与年画有关的绘画、刺绣、布艺制作，有的一学就是大半年。如果她们愿意，作品还可以放在店里代卖，收入归制作者所有。2018年，在年画村接受再教育、再培训的受益人数达上千人。

振兴乡村文化，激发活力是关键。怎样让传统文化在新时代仍保有生命力？恐怕还得跳出传统文化的框架限制，努力冲破现实困境。而这，就需要一批像年画村的这些青年传承人一样的乡村新生代。他们视野开阔、朝气蓬勃；他们充满智慧又懂得坚持。他们，才是我们古老文化代代相传的新生力量；依靠他们，才能呈现属于新时代的乡村新气象。

一鱼十二色津味文化装点农家
四代画缸鱼粗活细做终遇伯乐

本集采写：李胜君　吴鹏飞

　　过去农村没有自来水，都用水缸。过年时买一张"缸鱼"年画，贴在水缸旁边的墙上。阳光一照，画中的鱼儿映在水中，一舀水，鱼儿便随波游弋，栩栩如生，寓意连年有余，源远流长，幸福吉祥，既吉利又好看，作为一种传统民俗传承至今。而这缸鱼年画的制作者就是天津市西青区非物质文化遗产传承人、缸鱼年画代表人物王学勤老人。

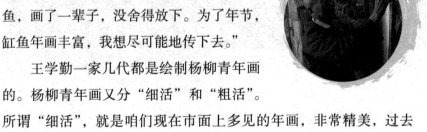

　　王学勤说："我们家画缸鱼是祖辈传下来的。我太爷，我爷，我父亲，我。画缸鱼，画了一辈子，没舍得放下。为了年节，缸鱼年画丰富，我想尽可能地传下去。"

　　王学勤一家几代都是绘制杨柳青年画的。杨柳青年画又分"细活"和"粗活"。所谓"细活"，就是咱们现在市面上多见的年画，非常精美，过去这样的年画都是要送进宫或售卖给富人的。而老百姓家贴的年画，更多都是"粗活"年画。王学勤的缸鱼年画便是"粗活"的代表作。乡土气息醇厚，符合百姓过年的情趣，无轴无框，适合在墙上粘贴。

　　杨柳青年画专业委员会艺术顾问王宝铭说："粗活，一般是农忙之后，闲下来，然后印制一部分版，专供农村的人家过年使用。所以，他们的画，画风粗犷，感情质朴，用色直接使用三原色。色彩对比强烈，直接表达他们朴素的情感。"

　　王学勤老人脸上满是皱纹，手上长满老茧，82岁高龄的他守护

这门技艺已经 70 多年了。几年前，王学勤从平房搬进了新楼房，但他依然没有放下手中画笔，把自己的家当成了画室，每天坚持作画。

王学勤绘制缸鱼采用流水作业，他将印出轮廓的毛坯贴在一排排门扇似的活动画板上，画完画板的前后两面便掀过画下一扇，一条鱼要上十二道色，这也是老祖宗留下的规矩。十二道颜色绘制后一张缸鱼算基本完成，最后还要经过王学勤的修整、补色、晾晒才得以全部完成，这时一条线条粗犷、色彩艳丽的缸鱼便跃然纸上。

在杨柳青年画的沁染中出生、成长的王学勤对缸鱼年画有着至深的情感。在他的记忆中，杨柳青镇南三十六村家家户户都能作画，可谓是"家家会点染，户户善丹青"。

因为家中祖祖辈辈从事年画制作，尤其擅长绘制缸鱼，所以王学勤家的画在当地颇有名气。

王学勤说："游客来这里住几天，等着我们的画，然后弄走，四根绳子捆好了，用扁担挑着，都这样走。"

除了有上门购买的顾客，小时候的王学勤，每年从腊月十五开始，每天都要骑自行车赶几十里路，将辛苦一冬画好的缸鱼年画拿到小站、葛沽、青县、静海一带的集市上叫卖。虽然画年画、卖年画的生活很辛苦，收入却不高，一张年画只卖5毛钱，但王学勤一直坚守着祖辈传承下来的这份手艺，并且保留着一百多年前太爷爷留下的画板。

王学勤说："我留着这个东西，没有拿出去卖，就是为了以后发展兴旺的时候用。"

改革开放后，在政府的大力扶持下，年画产业走上了复兴发展之路，作坊、画店相继开张纳客，一派繁荣的景象，缸鱼年画也被越来越多的人所喜爱。这其中，就有中国民间文艺家协会主席、中国文联副主席冯骥才先生。

冯骥才说："我一看这个东西特别兴奋，色彩很强烈，大红大绿，做得很粗犷、很浑厚，特别是北方农耕社会的乡土气质，充满了生活的热情。"

2006 年，王学勤被评为天津市西青区非物质文化遗产传承人，并多次参加全国各种年画展览。他的缸鱼年画也被天津美术学院、山东省美术馆收藏，吸引了许多来自全国各地的年画艺人交流学习。

河北省武强年画艺人王超说："来到王老师这里，感觉传统的艺术已经深刻地融入他们的血液、融入他们的骨髓，成为他们的思想、他们的生活。所以，来了之后不单单是知道了缸鱼，更多的是从王老师身上得到了精神的传承。"

现在王学勤老人的女儿也在学习缸鱼年画技艺，并且要把这一技艺传承下去："我从事杨柳青年画已经四年多了，一边跟着我爸爸画缸鱼，一边再干点年画的细活。年画作为一种传统文化不应该消失，我们这一代人有责任让它发扬下去。"

一鱼十二色津味文化装点农家
四代画缸鱼粗活细做终遇伯乐

作为天津杨柳青传统年画的独特品种，缸鱼年画承载着许多人对过去年味的美好记忆。而年画老人王学勤则一直守护着人们的这份回忆："我对年画的感情特别深，只要我活着，就不能让它丢掉。保留这个遗产，就是有意义。"

随　评

让"粗活"绽放异彩

李胜君　吴鹏飞

被誉为杨柳青年画的"活化石"的王学勤，每天坚持年画创作。这是对于梦想的坚守、对文化的传承和对传统的热爱。

有人说王学勤的缸鱼年画很粗糙，没有杨柳青年画的"细活"那么精致。但说这话的人或许忘了，在贫寒的年代，正是这种"粗糙"的一张张花花绿绿的纸，滋润了老百姓过年的喜悦，寄托了他们五颜六色的对美好生活的向往。

只有群众需要的，才是有生命力的。年画需要走进家庭，这门老手艺才能真正传承下去。这也是缸鱼年画的使命。

盆景苗木叔苦练书法无声教子
双胞胎孩儿竞相发力同入高校

本集采写：史敏　靳雷　何鹏

徐士虎是湖北省钟祥市东桥口镇的一位普通农民，像所有在这片土地上辛勤劳作的人一样，他刻过石碑、种过稻谷、外出打过工，但是如今，他心心念念的只有两件事：盆景和书法。

徐士虎现在是湖北省书法家协会会员和钟祥市书法家协会副主席。可以想见，从一个普通农民一路走来，他的成长之路必然艰辛。

不知道临帖，没有指导老师，凭着兴趣和热情，徐士虎一无反顾地写起来。他说就是想试试，看看自己的字能不能变成艺术。2016年他经人推荐自费进京求学，参加隶书培训，是培训班里唯一的农民；第二年他又参加了一期，仍然是"唯一"。在老师的指点下，他茅塞顿开，懂得自己以往的毛病在哪

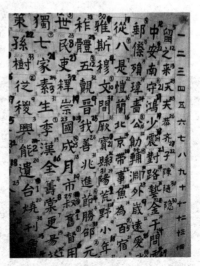

徐士虎自创的简易查字表

里，应该往哪儿努力。

徐士虎上小学时写的硬笔字就得到老师和同学们夸奖，因家境贫穷，他初中没毕业就辍学找活挣钱。外出打工的时候，他喜欢上盆景，觉得盆景造型就跟书法一样，都讲究线条和造型的美，从此把这两门艺术当作自己一生的追求。

徐士虎至今没有自己的房子，他租住在村外一处低矮简陋的小

房里，四周是他承包的 50 亩种植盆景苗木的农地。这是他眼下最重要的生计。能不能建一处自己的房子，能不能让他那对双胞胎儿子完成大学学业，甚至实现发家致富的梦想，就要看这一丛丛的盆景苗木能不能打开市场了。

　　一位普普通通的农民，背负着经济甚至生存压力，仍坚持每天练笔不辍。徐士虎自己也常说，他学历低，对于书法这样需要深厚文化底蕴的艺术来说，想成为大家对他来说几乎是不可能的。但在这样的艰难中，他还是没有放弃，勉力维持，到底想干吗呢？

　　徐士虎的回答很简单，为了家门，为了两个儿子。

　　在东桥镇，很多人都知道徐士虎的一对双胞胎儿子，2018 年，两个孩子都已经上大三了。每个人都夸他家的孩子好，徐士虎也很

得意，他觉得，这就是他写书法最好的回报。

他说，平时他没时间照看孩子，教育儿子的重任基本都扔给了妻子。可是有一天，他让放学回家的孩子轻松一下，"不要老写啊看的"，谁知孩子随口说了句"你自己还不是一直在写"。徐士虎心里一动，原来，这就是身教的影响啊。

徐士虎家的桌子上压着一个很沉的砚台，上面趴着两只石雕小老鼠。这是他在外地发现的一种坚硬的青石，他截取一块 10 公分见方的，用他曾经刻碑的功力，在中间挖出砚池，在砚面并列刻了两只头探进砚池的小老鼠。鼠是孩子的生肖，寓意一看即明。放学回家的孩子们一眼就会看到这两只"喝墨水"的小老鼠。

果不其然，两个孩子高中毕业即双双考入大学，其中一个还以高分被知名大学的医学院录取，本硕博连读。刚刚，还从学校拿回来一个书法比赛二等奖。徐士虎说从没见过孩子们练过字，但心里却种下了书法，乃至中国文化的种子，这就是来自家的力量，也是他的力量。

徐士虎参加书法展的作品

现在，徐士虎最大的心愿是卖掉盆景，用赚来的钱改善生活。至于书法，他说，想在有生之年，尽量往上走，看看自己到底能走多远。

随 评

学书法就是学文化学境界

史敏

书法是中华文化的根，盘虬纵横、博大精深，古往今来凡善书者，不是满腹经纶的饱学之士，也是肚里有几分学养的

文化人。这点，已习书多年的徐士虎当然知道。所以他常为自己初中肄业的学历自卑。可他并没有因此气馁、放弃，还是在繁忙的劳作之余，临习碑帖，苦心钻研，甚至付出一笔对他来说不易的积攒，两次赴京拜师求学。为什么知道高不可攀还要

攀？徐士虎的执着和付出，其实很好地回答了我们学习书法的意义：不是为了成名成家、为了卖字挣钱；学书法就是学文化、学境界；学书法要久久为功、砥砺坚韧，能锤炼我们的意志、提升我们的修养、陶冶我们的性情。这正是书法作为中华传统文化根基的魅力和精髓所在。徐士虎的双胞胎孩儿，因父亲的身教而发愤，双双考入高等学府，即是一方功效的佐证。徐士虎显然深有感悟，所以他还在继续攀登，不论到哪一层高度，站得更高总有更广阔的视野、更博大的胸襟，对他这个农民是这样，对其他职业的芸芸学书法者亦是如此。

潇湘幸运儿报纸牵线情迷书法
农家执着女志向单纯虽苦犹乐

本集采写：史敏　许伟

湖南郴州。

　　一场小雨过后的五盖山，云雾缭绕，参天古木，飞瀑流泉，仿佛一幅写意的山水画。李艳红的家就位于这"山水画"中。

　　初见李艳红，不到1米4的个子，典型的农妇打扮，毛衣领口脱线很严重。走进李艳红的家，真的可以用"家徒四壁"来形容，墙面没有刷漆，红砖裸露。

客厅右手边的"书房"引人注目。

李艳红的书房实际是卧室改成，一张老旧的木桌摆放在墙角，只留出一个身位的空间，房里光线很暗，一盏白炽灯从天花板拉到离桌面约两尺高处。李艳红说，这样练字就能看得更清楚。

站在桌边，李艳红只有胸部以上高出书桌。练字时，她不得不把手臂抬高，几个小时练下来，胳膊酸痛难忍。就是在这样的环境下，李艳红坚持练字已经二十余载。

李艳红并不是"一不小心"走上了书法道路的。在很小的时候，李艳红受母亲的影响，爱上美的事物。与众不同的是，她"不爱红装爱书画"，近乎着魔。

1995年，李艳红中专毕业后，在郴州一位老人家里当保姆。照顾老人之余，李艳红也会翻翻老人家里的《郴州日报》。报纸上的专业书法绘画作品，勾起了李艳红学习的愿望。一次闲逛的时候，她看到有书法班在招生，就赶紧去报了名。书法班先从基本功开始，一点一横，一撇一捺……李艳红没想到，自己这一练就将近二十年。

练习书法需要耗费大量的纸张和墨水，这对李艳红拮据的生活来说真的是"不可承受之重"。于是，她开始到处搜集废报纸，在报纸上练字；还往墨汁里掺水，这样就能多练几个字。

李艳红练习书法的事很快传到当地干部耳中，为了帮助李艳红，干部们就把旧报纸定期送给李艳红，供她练习。一次偶然的机会，李艳红看到报纸上一篇关于湖南书法家曹隽平的报道，她立刻被曹隽平的书法作品深深吸引，萌生了拜师学艺的想法。

直到现在，曹隽平还记得当时站在他眼前的李艳红的模样："她当时拎着蛇皮袋，人只有1米37，很矮，而且穿得很

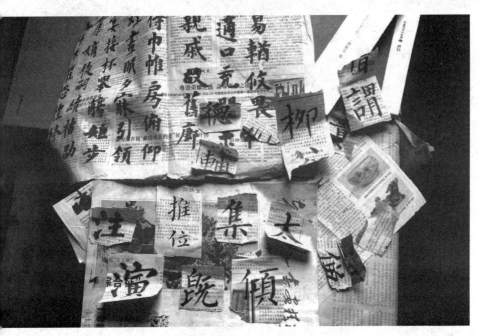

土。塑料编织袋里是她当时的作业，她的作业是用报纸写的。可能不好意思，为了让我能接受她，她把写得好的字撕成一小块一小块给我看，我当时一看，非常感动。"

深受感动的曹隽平当场收李艳红为徒，结下了长达十年的师生缘。李艳红主要练习的是古代著名书法家颜

真卿和柳公权的字体，她爱颜体的筋健洒脱，也爱柳体的骨力遒劲。在曹隽平的指导下，李艳红长久以来拿报纸练字养成的一些不良习惯慢慢得到修正。通过日复一日的训练，李艳红的书法渐渐显露出"颜筋柳骨"的风范。

但是，李艳红家里的经济条件并没有因此而改善，养点兔子和鸡，就是她家全部的收入来源。尽管生活清贫，可李艳红没有想过放弃，然而，好心人的关注却使这个倔强的农村妇女倍感压力。

李艳红痴迷书法的消息传开后，吸引了很多媒体前来报道，支持和资助她的人也越来越多。刚刚，又有一位长沙的好心人通过曹隽平资助了她 5000 块钱。

社会的关注给了李艳红无形的压力，她怕写不好字，辜负曹老师这么多年来的悉心培养，也辜负大家对她的信任与支持。想到这些，李艳红眼泪止不住流出来。

说到练字的辛酸，李艳红忍不住趴在书桌上哭了起来，嘴里一直说着"太累了，太累了"。

情绪稳定后，李艳红用手指着刚刚写好的字欣赏起来，觉得写得好，她又笑了。

随　评

身居陋室也要心怀"远方"

许伟

如果没有接触到书法，李艳红现在可能跟其他农村妇女一样，种种地，做做家务，闲了还能跳跳广场舞。可她就是爱上了书法，每天在昏暗的灯光下持续练字几个小时，直到手抖肩酸。二十余载的苦练，虽然没有功成名就，却让自己感到了满足。李艳红对书法的这种执着追求，生动诠释了"生活不只是眼前的苟且，还有诗和远方"。

　　生活对李艳红来说是苦的。一间低矮砖瓦房，屋里空荡荡，一件脱了线的花毛衣是李艳红在迎接来客时才穿的。记者在采访李艳红时，她眼泪止不住地流，很难说她是因为日子苦，还是练字苦，这其中的酸楚只有李艳红自己知道。好在李艳红乐观向上，她清楚地知道，要想继续自己的追求，就得努力赚钱，所以她琢磨着做点红薯干的生意，用赚来的钱支撑自己的梦想。

　　生活对李艳红来说又是甜的。尽管她的爱人会因为李艳红沉迷书法忘了吃饭而"骂"她，但争吵之后，依然选择支持她。恩师曹隽平对李艳红来说既是严师，又是益友。更有一些社会爱心人士，默默地支持着李艳红，给她寄钱寄纸笔。所有这些，都是支撑李艳红把字练好的动力。

　　斯是陋室又如何？一张宣纸，一支毛笔，一碗掺水的墨汁，撇捺之间照样能写就精彩人生，这就是李艳红的诗和远方。

农家写诗人日夜笔耕人间烟火
醉心苦差事写就名作轰动诗坛

本集采写：孙月　武倩伟

日耕、夜读，一位地道的农民，三十余载饱读诗书写下千首诗词歌赋，泥土地里终获《微甜》。他就是轰动诗坛的河北新乐农民诗人白庆国。

翻开白庆国的这本《微甜》诗集，一篇篇描写田园生活的生动场景跃然纸上。

"棉花开了／像去年一样白／如果母亲还在／她就会把棉花纺成线／然后织成布／做成袜子"（节选《棉花》）

"黄昏我躺在麦秆垛上／麦秆的细碎声过后／天空就安静了／大地就安静了／蜻蜓 麻雀／在低于我的高度猛烈地飞旋着／只有缤纷的晚霞／在我头顶的上方灿烂着"（节选《黄昏我躺在麦秆垛上》）

这些碎片化的生活透过文字是那样的真实、质朴，很难想象，如此温

白庆国和父亲

暖细腻的乡土情怀是出自一双粗糙的大手。

初见白庆国，身材中等、皮肤黝黑的他略显腼腆。交谈中，他时不时紧皱眉头，这让原本三条长长的皱纹更加深深嵌入额头。记者端详着面前的这位手掌和指甲里都嵌满泥土的农村糙老汉，实在是和大众印象中的诗人形象相去甚远。

1964年，白庆国出生在河北省新乐市曹家庄的一户农民家庭，在四个兄弟姐妹中排行老大。从小喜欢看书的他，特别喜爱张贤亮、冯骥才等作家。"我很崇拜作家，那时候村里的书少，我就借着看。"18岁时，白庆国入伍当兵，在部队汲取了大量书籍的养分。"当时每个月有8块钱补贴，我除了买点生活用品，全拿来买书了，只要不训练我就看书。"

农家写诗人日夜笔耕人间烟火
醉心苦差事写就名作轰动诗坛

1986 年 1 月的一天，退伍回来的白庆国偶然经过报刊亭，一眼看到《诗神》这本书，被一首首简短却丰富的诗歌深深打动。"当时我就被迷住了，也是从那个时候开始，我想写诗。"

《赶路》是白庆国写的第一首诗，当他忐忑地邮寄给《河北文学》期刊后，一天、两天、三天……两个多月过去了，漫长的等待让他第一次感受到了身心煎熬。"我特别清晰地记得是一个编辑给我打电话，说我的诗歌发表在第几期上，太喜悦了。"第一次写诗就能发表，这无疑给了白庆国极大的信心，然而之后并非一帆风顺。一篇一篇的诗歌投递出去，却一次次石沉大海。"一百次里能有十几次发表就已经很不错了。写诗就是希望、绝望的过程。"

写诗、投稿、等待……文学创作是一件苦差事，尤其是像白庆国这样生活在农村的文学创作者，不仅肩负着家庭的重担，还要直面身边人的不理解甚至嘲讽。"按老百姓的话就是不务正业。不干农活时，整天就把自己关在小屋里写诗，以前因为这个，我和媳妇经常吵架，有好几次她把我的书都烧了。"

生活的艰辛以及创作道路上的孤独，白庆国不愿细说，但从他的经历中不难感受到他的不易：种过蘑菇、养过鸡、烧过锅炉、扫过大街……忙于生计的他，纵使万般艰难，却从未放弃过内心热爱的写作。"半夜躺在床上，突然来灵感了，我就坐起来提笔记下，那种满足感是一般人体会不到的。对我而言，心灵的充实比赚钱更重要。"

白庆国的诗描写的大都是常常弯腰面对的土地和村庄的人间烟火，不论是一朵棉花、一株玉米、一件农具，还是小小麻雀都被他描绘得生动而真实。他写父亲，"他站在那里 / 像一件年久失修的农具 / 时常发出松散的声音"；写农村，"在乡下 / 你要习惯 / 村庄的骨折 / 习惯一株玉米被风吹倒 / 永远不再站起来"……在白庆国看来，正是这些年的农村生活经历，给了他源源不断的灵感。"我极力真实地表述乡村生活的劳累与并存的安宁和静谧。我很庆幸生活在农村，也因为这个感到特别自豪。"

2007年，白庆国的组诗《一个人的村庄》在《诗刊》头条刊发，也是从这一年开始，他的那些如北方大地田野般质朴醇厚的诗作渐渐崭露头角，各种奖项和荣誉纷至沓来。2009年荣获首届郭沫若诗歌散文奖诗歌优秀奖；2012年加入中国作家协会；2014年获得河北省文艺振兴奖；2017年被"中国好诗"系列丛书选中出版了诗集《微甜》，成为当年发行的这套系列丛书十位诗人作者中唯一一位非科班出身的农民诗人。

白庆国的《微甜》出版后，得到很多业内人士的高度评价。中国作协创研部研究员霍俊明表示："白庆国的诗真实而朴素，谦卑而

白庆国诗歌发表的部分书刊

乡野傑花秀山河

白庆国在老房子的院中写作

敬畏，与大地相接，是'纯诗'，纯粹的诗。"中国青年出版社小众书坊董事长彭明榜则认为："他的身后站着好几亿中国农民，他的诗有着当下时代农民、农村现场的生活情感，让人们看到新乐的土地上不仅生长庄稼，而且生长诗歌。"荣誉与赞美，并没有改变白庆国农民的身份和生活，用评论家的话说，他仍然是一个诗里诗外都"浑身沾满尘土的人"。

如今，白庆国的儿女都已各自成家，没有家庭重担的他，在工厂当门卫的闲暇时间里，继续用诗歌记录着农村生活的变迁。"我喜欢现在的状态，简单、知足，正如我的《微甜》中所写的那样：'我们的企望到微甜为止／微甜，足够我们一生幸福'。"

把农民情怀写入诗行

孙月　武倩伟

　　我国是一个诗歌大国，有着悠久的诗歌传统。在最早的诗歌总集《诗经》中，就有大量与劳作有关的内容，"十亩之间兮，桑者闲闲兮，行与子还兮。""七月流火，九月授衣。"这些美妙诗句的作者，很多已经无法考证，但不少学者猜测，它们最初来源于普通的劳动农民，后来经过文人加工、改造、整理，才臻于完善。

　　数千年来，许许多多无名的农民诗人湮没于历史的尘埃之中。直到 20 世纪 50 年代，被誉为"庄稼汉诗派"的农民诗歌创作一时兴起，自此，中国文学史有了"农民诗人"的名字。

　　农民诗人大都保有农民的身份，躬耕于陇亩，生活在农村，写土地上的春秋轮替、风俗

农家写诗人日夜笔耕人间烟火
醉心苦差事写就名作轰动诗坛

人情、生老病死，延续着千百年来中国的乡土文化。近年来，像白庆国一样的农民诗人，全国涌现出了很多，他们粗犷的外表下，隐藏着细腻的内心世界和活跃的写作思维，他们把多年的乡村生活细节凝练成一篇篇有筋有骨、有血有肉的诗歌，形成了独属于自己的朴素真实的"泥土"风格。

农民诗人群体的出现，不仅是农村群众文学素质和文学鉴赏水平提高的表现，也是对进入新时代以来活跃生动的农村现实生活的真实情感表露。他们对现实生活的诗意表达，给诗坛注入了一股清流，也给乡村文化生活带去一抹亮色。

七里坝农民忙时务农闲时写诗
农商和文旅一体发展再造新村

本集采写：史敏 何鹏

　　在四川成都都江堰市柳街镇，有一个以"诗"命名的村子：七里诗乡。这里的农民忙时务农，闲时写诗。七里诗乡不仅文化底蕴深厚，环境也非常优美。村民们通过绿道的建设，将村落、林盘与山水林田湖和城镇有机联结，让当地既有文化传承又有时代特征，既有乡土气息又充满乡愁记忆。

柳街镇一直以来就盛行诗歌之风。2003年，这里诞生了全国第一家农民诗社：柳风农民诗社。在此之前，村民只能利用"赶场"的机会在茶馆里互相交流经验。诗社成立后，村民就有了固定的大本营。诗社每月都会举办活动，要求社员朗诵自己创作的诗歌，还会不定期地邀请四川当地有名的诗人给村民做培训。

今年56岁的杨奇旭，2003年还在外地打工。一次回家休假时听说了这个消息，便要求加入诗社。2006年，他从外地回到家乡，担任《乡志》

农民在丰收节诗会读自己的诗

的撰写工作，后来经过选举进入村委会。杨奇旭现在一年会创作一两百首诗歌，并且已经出版了自己的诗集《七里坝之恋》。

杨奇旭从柳风农民诗社起步，随后加入了都江堰市作协、成都市作协、四川省作协。2018年9月23日是首届"中国农民丰收节"，他还专门为此创作了诗歌《丰收》——平畴七里有诗乡，金秋时节运粮忙。机器轰鸣人欢笑，丰收歌谣满天飘。

杨奇旭的副业是种兰花，他说，种兰花需要心细，这又恰恰陶冶了自己的性情。这些兰花一年还能给他带来两三万元的收入。对待这些宝贝，老杨从不吝啬自己的华丽辞藻，他为兰花创作了不少的诗作。《陋园新蕙》是他最得意的一首：楚楚佳蕙出幽山，空谷孤标染烟鬟。夙志不为方域改，九子烈香满棚间。

每次创作了新的作品，杨奇旭都会发在自己的微信朋友圈。他的邻居姜群瑶，也在耳濡目染下对诗歌产生了兴趣。姜群瑶是2016年加入诗社的，到现在写了100多首诗歌，是诗社20多位女诗人中的一位，主要写现代诗。她说她很享受这种"忙时务农、闲时写诗"的状态。

姜群瑶觉得诗歌对她个人素质的提升起到了非常关键的作用。去年，她还通过自学，取得了大专学历。"忙时各自勤耕种，闲来相聚共吟哦。锄头种粮笔种诗，柳街农民最风流。"这是七里诗乡的农民诗歌创作最真实和最生动的写照。

柳街镇诗歌文化盛行已久，柳风农民诗社的社长邱岗说，老一辈人在耕种过程中需要人工薅秧。人们一边劳作一边拉家常、谝闲话。渐渐地，这样

的交流方式转化为"薅秧歌",成为当地人劳作中的一部分。

每到薅秧时节,劳动的人群遥相呼应,从说到唱,越唱越远,此起彼伏。邱岗这样描述薅秧的场景:大地是舞台,秧苗是地毯,蓝天是背景,太阳是灯光,万众是演员。

如今,七里诗乡早

邱岗指导学生读诗

已用现代化农机
具代替了人工薅
秧，但诗歌依然
是乡村发展的重
要元素。在七里
诗乡，不仅能
在墙上和农机具

田间创作

上看到农民的诗作，还能在不同的场景中体验写诗、品诗和朗诵诗。
村里还建起了以诗歌文化为主题的田园绿道。10公里长的田园绿道

田园诗歌节表演

将农田、林盘、农家院落和一个个主题景点串联起来，农房经过了恢复和修缮，当地特色美食，让每一个到访游客的味蕾得到满足。

在柳街镇党委副书记夏洪刚看来，农民的诗歌融入乡村的建设，能够让乡村旅游的品质感和文化感更强，与此同时，诗歌在一定程度上反映了新农村建设的风貌，新农村建设的好的成果和景致也为诗歌的创造提供了源泉。

随 评

培育新业态，
让农业实现由短链向全产业链的蝶变

何鹏

写诗，本来是诗人干的事儿，这种多少需要一点"艺术细胞"的事儿，如今却在都江堰农民那儿信手拈来。诗社社长邱岗曾经做过镇文化站站长，他的写作兴趣，源自于儿时"薅秧"的记忆，那种全村村民一起劳作、吼声震天的场面，在他看来"大地就是舞台，秧苗就是地毯，蓝天就是背景，太阳就是灯光，万众就是演员"。这份感染在村里慢慢传递，一个接一个地，慢慢地，村里越来越多的人开始拿起笔，观察生活、记录生活。就好像产生了"蝴蝶效应"，让农民和农村的整体文化素养得到了提升。

　　文化素养提升了，农村的发展自然就会实现"质的飞越"。通过文化植入提升乡村品位，这是七里诗乡发展的第一步；通过吸引游客拉动经济发展，这是发展的第二步，也是最重要的一步。如今，七里诗乡形成了特色餐饮、私房菜、乡村咖啡、林盘老茶馆、书吧、农村生活体验馆、特色民宿等十余种新兴业态。当地村民则通过旅游产业经营、房屋院落租赁、农特产品销售等方式，进一步拓宽增收渠道，营造出独具特色的乡村旅游消费新场景。如今，与诗歌结合的七里诗乡不仅成为远近闻名的"诗歌论道处"，也成为四川成都周边迅速兴起的"网红打卡地"。

　　我们在七里诗乡看到的是"绿水青山就是金山银山"的鲜活体现；感受到的是以生态文明为引领，全域实施农村人居"环境革命"、诠释公园城市的乡村表达；领略到的是创新乡村振兴产业模式，实现产业富民的生动实践。所以，文化的植入不仅能提升村民的修养和素养，也能推动乡村环境的整治，最终目的当然是发展了乡村的经济。七里诗乡的嬗变，正是当地推进乡村振兴战略的生动实践。

农民小说家坚守农村笔耕不辍
以作家职责刻画乡间书写情怀

本集采写：李伟民

　　潘维建住在山东莒县龙山镇潘家庄村。他的家是一座砖瓦房小院，和村里其他人家的院子没有区别。要说有什么不同，大概就是门口那一小片菜园了，里面整整齐齐种了白菜、萝卜等几种菜，看着特别喜庆。

　　初见潘维建，说实话，记者觉得他穿着立整的夹克，戴着眼镜，文静的气质和院子里堆着的化肥、农药、玉米什么的都有点不协调。潘维建告诉记者，这些玉米都是今年新种的，他在创作的时候也没

潘维建种的玉米

有停下干农活儿。

　　潘维建的文学情缘起源于20世纪80年代，当时的年轻人中间都流行文学，潘维建也成了一名文学青年。莒县是山东有名的文学大县，现在还留存着几个大的诗社，可想而知当年各种文学组织就更多了。考大学失利后，潘维建到一所农村中学做代课教师，开始了自己的文学实践，尝试写作品。后来，潘维建换过工作，也曾栖身"北漂"一族，但无论走到哪里，他一直没放下笔。

　　2003年，潘维建报名参加了鲁迅文学院的函授班。2005年又被推荐参加了鲁迅文学院的作家培训班。期间，他的小说作品陆续获得了一些文学评论家、专业作家的高度评价，也从此正式确立了农民作家的身份，正式开始创作生涯。用潘维建自己的话说，是"正正经经开始写东西"了。《山东文学》《当代小说》等报纸杂志上都刊载过他的"豆腐块"，慢慢地也获得了不少省级、国家级的奖项。

农民小说家坚守农村笔耕不辍
以作家职责刻画乡间书写情怀

潘维建的小菜园

作家之路艰辛坎坷

对潘维建来说，作家的身份并没有给他带来太多财富和声誉。就如同他所在的这间十几平方米、水泥地面的平房一样，他的日子依然清贫。

潘维建说，他有一部长篇小说，是2017年山东省作协重点扶持作品。小说已经完稿了，但是出版至少要资费3万元，他很难负担得起这笔钱。不仅如此，在去年回到家里专心创作之前，他还要外出打工，补贴家用。做保安，到玻璃厂当工人……

伴随着物质上的拮据，还有精神上的巨大的孤独感。农村人对文学不感兴趣，面对潘维建从事写作这件费时、费力又不赚钱的工作，还有嘲讽。因此，作家群体普遍存在的孤独感，在农村这样一个相对简单的环境中被加倍放大，重重地压在这位瘦弱的作家的心头。

扎根农村，以作家的责任书写真实乡村

创作到底对他来说是什么？潘维建说，年轻时是爱好，随着年岁的增长，如今是一份责任，是作家作为社会的观察者、记录者的责任，文学已经成为自己血液中的一部分了。他想要像鲁迅那样，写人写事，可能"给这个社会开不出什么药方来"，但是，可以记录这个社会。

潘维建用来记录思路的草稿本

墙上贴满了各个刊物的约稿时间、文学比赛的时间

何况，潘维建说，书写农村的作家太少了。除了农民作家，其他人没有机会，也没有沉下去的耐心。农村需要他的坚守，他也和农村融为一体，分也分不开了。

争分夺秒，字斟句酌，创作新作品

今年 50 岁的潘维建，切身体会到了岁月加速流过的感觉。他已经不再出门打工了，专心创作。

潘维建的书房的墙上，贴满了各个杂志社、文学期刊的约稿和排期；电脑桌上，一摞又一摞的稿纸记录的是不同作品的梗概、脉络、思路；老旧的电脑屏幕上，光标在尚未完成的文字后边一闪一闪。

现在，潘维建每天除了吃饭和休息，全部的时间都用来写作。再加上对作品的质量有着较高的要求，字斟句酌的创作更是耗时。

这两年，潘维建的境遇稍稍有了一些改观。他的爱人在外打工，支持他的创作；今年开始，稿费的收入也提高了一些；再加上莒县当地有一些慕名而来的朋友给一些支援，现在的潘维建只需在家门口干点农活就行了。

潘维建说，文学之路虽苦，但他会坚持下去，哪怕如同莫言与王安忆说的那样，是以一种悲壮的姿态，去从事创作。他要把更真实的农村展现出来。

"文学某一个层面上来说，是我感知世界的一种媒介。文学是我内心世界的一根定海神针。有文学在我的内心支撑着，我感觉我在生活当中就不会太浮躁，不会被世俗洪流裹挟着，连滚带跑的，最后泯灭了自己。我现在感觉自己是在孤军奋战，但是我不会改变，我会一直坚持下去。写作是我一生的事业，我会一直写下去。"

随　评

用责任守望乡愁

李伟民

　　一部作品的诞生，往往需要作家将所见、所闻的人世间的酸甜苦辣经历一番，再品味咂摸几遍，然后方能落笔于纸张之上，为读者呈现一个个有血有肉的角色、一张张表情丰富的面孔。作家要将凡人所感知到的种种情绪，更猛烈地敲打在自己的心上，因此，创作对人的精神有时候是巨大的考验与折磨。

　　不仅如此，当前，随着互联网的迅猛发展，新的传播介质展现出令人吃惊的覆盖力，微博、微信等融合信息发布与社交功能的传播手段，以强大的吸金能力、用户黏合能力、传播扩散力给传统媒体带来巨大冲击。文学的创作、阅读和传播方式正在发生改变。严肃文学阵地的缩水是中外作家面临的同样的困境与难题。

　　在这从里到外的困境之中，农民作家潘维建坚持住了。他和其他乡土文学创作者还原更加真实的人性冷暖，使得农村与农民可以被更多人了解，可以感动更多人，化解城乡之间在认知上的偏差与误解，达成从物质到精神层面的、真正的城乡融为一体，使得农村不再是那个被搁置、边缘、漠视的不毛之地，农民不再是那个单薄、片面、悄无声息的群体。

　　乡村的文化振兴既需要从上到下、从外到内的关注与讨论，更需要培育从内而外的力量。他们来自农村，扎根农村，像潘维建一样，能够更好地寻找和解决乡村发展的内部矛盾，推动乡村发展的变革。这需要社会多方给予他们更多的支持和帮扶。比如出版机构能够为他们解决出版资金；刊物可以辟出更多的版面关注农村生活；相关部门能够给农村作家提供更多的帮助，同时下大力气发展农村的文学教育，让农村作家人才辈出，农村文学薪火相传。

　　我们感谢像潘维建一样的农民作家，以书写乡村为己任，用自己手中的笔，记录广阔农村的真情故事。我们更期待，未来的农村，会闪烁出更多的文学之光。

高高兴安岭林区转型催生绝活
残根和树皮成就两张文化名片

本集采写：史敏　靳雷　何鹏

刘景林做树皮画已经 20 多年了，算得上大小兴安岭林区树皮画制作的开山者之一。他生在林场，长在林场，除了当兵那几年，大部分时间都以林为生。做树皮画离不开白桦树。最初，林区有木材的时候，他在储木场捡树皮，后来天然林资源保护工程启动，特别是大小兴安岭全面停伐后，就改到林中捡那些老树或腐枝上自然脱落的树皮作画了。

他的树皮画生意不大，算上他和他爱

人才三个人做。如今他爱人也被他培训成了
树皮画高手，构思布局上色很熟练。不
过，因为每幅画都手工制作，产量并
不高，也没有实体店和网店，来订货
的都是朋友之间口口相传，介绍来的。
老刘说他做树皮画可不是为赚钱，"主要
是爱好"。

　　刘景林从年轻时就喜欢书画，为了习字，他竟然跑到林场邮局
去翻信，看到那些书写漂亮的信封，他就临摹学习。他说对树皮画
的认识来自于母亲，母亲心灵手巧，很善于废物利用。

　　老刘的树皮画以当地风景为主，桦树皮的自然纹理稍加颜色处

理很容易变为山岭、溪水和森林，再配上
天空、太阳，一股清新的林区气息扑面
而来。

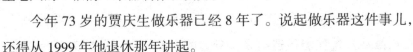

黑龙江伊春新青区委宣传部副部长张
玉梅说，刘景林的树皮画就是这儿的两张
"乡土文化名片"之一。另一张则是贾庆
生老人的"根韵"乐器制作和演奏。

今年73岁的贾庆生做乐器已经8年了。说起做乐器这件事儿，
还得从1999年他退休那年讲起。

贾庆生曾是一名护林员，年轻时还在林场宣传队工作，吹拉弹
唱啥都会。那时候林区伐木任务重，工人们一旦上了工作面儿，很
长时间都下不来。宣传队就上山送演出。任务一下来，背起包就走，
近的得走上几十里地，远的就搭车。到了工作现场，队员们身兼多
重角色，一会儿搭台，一会儿跳舞，下来又要伴奏。但老贾说，看

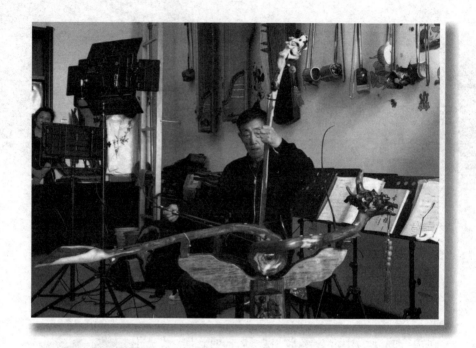

到林场工人那么喜欢文艺节目，他心里特别满足。

退休之后，远离了火热的生活，跟林区很多"文化人"一样，他的兴趣慢慢转到根雕上来。同伴约他上山，别人捡蘑菇他捡树根残枝，回来再加工一下，一尊尊精美的根雕艺术品就出来了。他带上根雕去了哈尔滨国际经济贸易洽谈会。就在那儿，他被一把根雕吉他吸引了。"它只能看不能弹，我就要做一把又能看又能弹的。"

要说动手做乐器，老贾可不含糊。他一向心灵手巧，看见啥了，自己鼓捣鼓捣就能仿造出来。身边的人都知道"老贾头"啥都会，乐器坏了也送到他这儿修。他曾经帮着伊春市专业院团修过一把大提琴，修完后，连乐手都看不出这把琴裂过两道大缝；他还帮人家修过一个摔碎的三弦头，重新制作了一个，装上以后跟新的一样。老贾说，自己帮大家修琴"可是不少，起码也有四五十次了"，但从来不收钱。他所在的新青区要组织文艺演出，每次请他表演，他都

"招之即来"；老年大学缺老师、缺伴奏，他也二话不说，欣然领命。

老贾做乐器，自认为有两大特点，一是会做也会拉；二是乐器造型中独特的"大自然气息"，"这是别人做琴没法弄的"。

老贾的女儿晓丽对父亲十分佩服，在她的印象里，从小到大，家里无论什么东西坏了，爸爸都能让它恢复原样。至于做乐器，更是"超级伟大"，自己"一直在追赶，总也撵不上"。小时候，她心目中的父亲就是超人，什么东西都会做，玩具坏了他也会修，"特别伟大"。

贾庆生制作的擂琴

此擂琴最特别的地方是底部用铁皮制作

贾庆生和女儿一起演奏

高高兴安岭林区转型催生绝活
残根和树皮成就两张文化名片

115

晓丽专业学习古筝。幸运的她，所用的第一台古筝就是爸爸给做的，"比一般古筝要大，音域特别宽广"。如今，晓丽自己创业办班，教授古筝。在工作室靠墙摆放的四五台学习用古筝中，也有老贾的作品。

说到古筝，还有一个小插曲。贾庆生的第一个也是唯一一个实用新型专利就来自于他制作的古筝，但从那以后，他再也没有申请过外观专利，因为他意识到，自己的每一把琴都是独一无二的，无法模仿，难以超越。

老贾说自己有一个梦想，那就是再做一架竖琴。他眯起眼睛，似乎已经看到了由天然树根做成的曲线优美的琴梁，美妙的音乐从他亲手调制的琴弦中流淌而出。他知道，由于林区禁伐，捡到这样形状、线条都合适的残木的几率越来越小，而且，随着自己年纪越来越大，亲自上山捡拾的机会也少了很多，但是他不会放弃。他一直记得他曾经对着电视台镜头许下的诺言，"想让全国都知道伊春市新青区，知道新青有个用树根做琴的老人"。十几年过去了，这句话他没忘，而很多人也的确因为他而知道了那个他热爱的家乡。

随　评

乡土"文创"大有可为

史敏

"文创"是文化创意的简称。"文创"产品依靠创意人的智慧、技能、天赋，在可利用的资源上，通过文化创造产生高附加值的产品。走进众多的国内外博物馆或各类文化展览，一般都有"文创"产品在一旁销售，人们或买作纪念，或买来赠送，表示出对其蕴含文化的认可和喜爱。

一般情况，"文创"产品的精湛设计出自专业的设计师或工匠之手。而我们这里报道的"树皮画"和"树根乐器"，同属于"文创"，只是它的创意和制作人土生土长在农林牧区，利用的资源来自土地，他们同样有智慧、有天赋、有技能，同样钟情于文化和文化创造。因此他们是乡土"文创"者。他们创意制作的产品是乡土"文创"产品。

乡土"文创"产品同样能受市场青睐。刘景林的"树皮画"，似立体的油画，装饰感强，不论悬挂在家里还是公共场所，都令人赏心悦目。因为手工粘贴、个体绘制，产量并不大，他主要通过熟客口口相传，定制销售，始终供不应求。贾庆生制作的"树根乐器"，造型独特、制作精巧，

既可作为根艺品欣赏，又可作为实用的乐器演奏。曾在连续几届的哈尔滨国际经济贸易洽谈会上，这种树根民族乐器经他现场一演奏就被抢购一空。只是近年来出于森林保护意识，他不再上山挖、捡树根，更多心思用在改善和提升原有"树根乐器"的演奏功能，充当好当地一张"文化名片"。

如果说树皮和树根现在资源有限，但稻草、麦秆、竹子等

乡土材料却资源充沛。放眼各地，还有不少草编、竹编、麦秆画、稻草画等乡土"文创"产品，惹人喜爱。此外，近些年不少乡村的旧屋、旧院被改造成"民宿"，也是一类前景看好的乡土"文创"产品和产业。可见，乡土"文创"大有可为。

"文创"是适意的生活，是文化的锻造。乡土"文创"不仅能展现乡土的质朴之美，传承乡土的文化之魂，好的乡土"文创"同样浸淫于深厚的中国文化，同样能在国内外"文创"市场占有重要一席。当然，乡土"文创"能不能不负众望，要看创意、品质和营销做得怎么样，其中最关键的还是创意和品味，只有创意和品味独特，才能引人入胜、敲开市场的门。因此，我们的乡土人才应该"眼睛向上"，多了解、吸收、借鉴优秀的"文创"，多求教于大中城市专业的美术设计师，提升创意和制作水准，如刘景林的"树皮画"的画框，在设计和用材上可以弃繁用简，跟当今画框使用的潮流对接；同时，城里的专业美术设计师，也应"眼睛向下"，到乡村去，发现、扶持、合作，开发更多乡土"文创"产品，如有的地方组织"青年创客进村"，帮助农民利用乡土资源搞"文创"，是文化扶贫的一招，也是促使乡土"文创"大发展的一招。

黑土地憨叔种稻编剧双料能手
小剧团农民得闲即演赞美乡村

本集采写：史敏　靳雷　何鹏

　　舞台上的胡文宽和现实生活中沉默寡言的他活脱脱是两个人。看到他头戴小帽，身着演出服，踏着节奏表演的样子，怎么也想象不出在参加小剧团之前，他从来没在人前唱过歌。

　　胡文宽是黑龙江省绥化市北林区双河镇西南村村民，也是村里的农业技术员。今年56岁的他是远近闻名的种稻能手。村里的土地

流转后，整个生产季他都在三江平原种地，收入还不低呢。

地种得好好的，怎么又成了小剧团的编导兼演员呢？胡文宽本人对这个问题有点躲闪，倒是他媳妇张淑华一句话捅破"天机"："他是让我推出去的。"原来，以前胡文宽农闲时没啥事干，吃完饭倒头就睡，常被淘气的小孙子弄醒，祖孙俩总免不了吵一顿。张淑华忽想，俺男人有些艺术天分，何不让在小剧团拉大弦的本家老叔推荐他进小剧团，这样"一举两得"，既免得爷孙俩吵闹，又能让他

120

顶着烈日看演出的乡亲们，有些还是从邻村赶过来的

娱乐身心。

的确，东北只种一季稻，漫长的冬季来临，地里就干不了啥了。天寒地冻时，人们几乎都"猫"在家里，要不找来几人喝酒打牌搓麻将，要不就像胡文宽似的吃饱了睡觉。2014年，村里几个会吹拉弹唱的人自发凑了个伙，闲时唱唱跳跳。村委会知道后，把"并校"后空置的小学校腾出几间教室，打通建成一个室内小剧场，作为他们排练兼演出的场地，小剧团就这么成立了。

胡文宽去小剧团的时候，剧团刚成立不久，组织也不规范，纯粹自娱自乐，谁想唱就上台去唱，不想唱就连去也不去。

胡文宽清楚地记得自己在小剧团的"首秀"是2014年春节，他唱了一首《牡丹之歌》，别说别人了，连他自己都没想到唱得还挺受

小剧团的演员也是大厨，她亲手做的农家菜，热气腾腾刚出锅

观众欢迎。

进了小剧团后，胡文宽首先明确了分工，谁是主持人，谁是音响师，演出曲目怎么排序……他自己是导演。用他的话说就是"有点规范了"。

为了提高演出质量，老胡开始给团员们排练，尤其他创编的节目，从选演员到表演指导，他一直盯着排练，直到完全满意才能给乡亲们演出。

小剧团演员们拉上道具准备出发

在他所有的作品里，胡文宽最为得意的是一个叫作《懒汉子成家》的作品，他说这个作品取材于他在建三江种地时听到的故事，经过他创作改编，"那效果相当接地气，每次演出掌声都哇

黑土地憨叔种稻编剧双料能手
小剧团农民得闲即演赞美乡村

123

哇的"。

仔细看一下胡文宽创编的节目不难发现，几乎所有的节目都来自于农民的生活，无论是描写村里新貌的《逛西南》，还是歌唱现代农业综合体的《逛公园》，又或是抒发内心情感的《赞小剧场》，写的都是身边事，唱词里提到的每个地方，乡亲们都知道是哪儿。形式上也很接地气，有小品、快板、大鼓、二人转、三句半，等等。每次演出，几乎是座无虚席，乡亲们觉得"比电视好看"，因为"演员都认得，说的事都知道，特别亲切"。

西南村党总支组织委员刘立威也是小剧团的业余作者，常帮着他们写点诗歌、快板。高中毕业的他爱好文艺，经常给小剧团出谋划策，引导他们从只唱二人转、老歌转向新编、创作作品，把村里发生的好人好事都编进去。对小剧团的存在，刘立威由衷点赞。他说，自从有了小剧团，村里打麻将的少了，热心公益的多了。无论是清理村里的垃圾还是扫雪开路，小剧团总是"一马当先"。

小剧团不仅娱乐了村民，和谐了邻里，对村里引进的现代农业

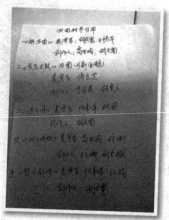

胡文宽写的"三句半"脚本　　　　手写的节目单

小剧团演出室内的黑板报写着团员们自编的顺口溜

简陋的室外舞台

正在切菜的厨师们摘下围裙就上台表演

综合体建设也助力不少。来村里采摘、观光的客人，都会在这里吃顿农家饭。小剧团的成员饭前是后厨，蒸煮炖炒样样行；饭后就成了演员，为客人们献上一台乡土味儿十足的文艺演出，很受欢迎，很多外村的村民也赶来看演出。

平时，很多演员在农业综合体打工，既做田间管理、畜禽养殖，也负责商品推销。他们还曾远赴广东，进入小区，挨家挨户推销自家的大米。到底是经过小剧团的历练，一点也不怯场。

"农忙时候抓生产，农闲时候搞联欢"，胡文宽笑嘻嘻地形容他和小剧团团员们的生活状态。他们不要工钱，没有补贴，有时候还得自己往里搭工收拾场地运器材找服装，图的是啥呢？胡文宽总结了一个字"乐"："目的就是为了给大伙带来欢乐，这个挺好。"

随 评

乡村美不美，还要看人的精神面貌

史敏

126

　　时下不少地方在搞美丽乡村建设，房前屋后齐整了、路边栽花了、公厕建起来了，村容村貌的确有很大改观。但是不是这个乡村就真美起来了？笔者认为还要看这里人的精神面貌，看其折射的心灵美不美。只有心灵跟着美起来，村容村貌的美才能得以长久保持，人们相处的社会关系也才能产生和谐的美。

　　黑龙江省绥化市北林区双河镇西南村就是这样的"双美"村。走进村子，干净的水泥主道旁，平行流淌着清澈的渠水，北面是一户户院落齐整的农家，南面是一眼望不到头的"新型农业综合体"，有稻田、有园艺、有水塘、有鸭舍、有食堂、有舞台……乡村景致美，农民的心灵也美。这儿的农民农活之外，不好赌博、不搞迷信、不争吵打架，最感兴趣的是文娱演出。村里的小剧团常年自编自演节目，歌舞、小品、三句半，表现新农民的生活，赞美新时代的乡村。虽然是个最基层、最简陋的小剧团，演员是地道农民，服装道具不华丽，乐器也没有几件，但他们发挥的作用、产生的能量不可小觑。他们的表演质朴、欢快、接地气，不仅本村人爱看，城里周末过来度假的男女老少也喜欢。于是，既娱乐教育了自己，也娱乐教育了别人。在小剧团排练场的黑板报上，他们自己创作的顺口溜《我能行》，便是这里农民如今精神面貌的写照：相信自己行，才会我能行；别人说不行，努力才能行；你在这点行，我在那点行；今天若不行，明天还能行；不但自己行，还帮别人行；相互支持行，团结才更行……

尤为可喜的是，透过眼前面貌"双美"的乡村，我们可以看到当今农村基层党组织的作为。西南村党组织既通过土地流转开发现代的融合粮食生产、立体种养、田园观光为一体的新型农业，带着村里人共同致富；又配套用好自筹和国家扶持的资金切实改善村容村貌；同时，他们还关注提升农民群众的精神生活，对原本少数人自发的"唱唱跳跳"因势利导，给场地，发掘人才，请上级部门支持辅导，引领节目创作导向，促成小剧团成员进入"田园综合体"，一边劳动挣工资，一边在那儿的舞台上面为更多观众演出，等等。可以说如果没有村党组织的积极作为和正确引领，西南村的农民群众难有眼前这般安居乐业、愉悦欢快的美好生活。

相形之下，那些在建设美丽乡村以至乡村振兴上，不作为或搞应付式的虚假作为、甚至乱作为的基层干部，是不是应该在这个实例面前好好反省一下？！

黑土地憨叔种稻编剧双料能手
小剧团农民得闲即演赞美乡村

汝瓷工艺师农民身份君子风范
非遗传承人心系传承呼唤有续

本集采写：史敏　靳雷　何鹏

河南省宝丰县大营镇清凉寺村。

1987 年，一座大型古代官窑遗址被发掘出来，获得大量瓷器残片。其中多数为天青色釉，我国古代五大名窑之一的汝窑从此揭开了它神秘的面纱。

就在考古工作面现场，一位本村青年一直站在那儿看。每一片天青色的瓷片出现，他的眼中都会散发出热切的光芒。考古队走了，他还在附近逡巡，捡拾人家丢弃的瓷片。

他的名字叫王君子，现在是国家级非遗传承人，国家一级美术师，也是村里第一位烧制汝瓷的拓荒人。

他说，小时候村里的孩子们没事就挖地捡瓷片，都知道这值钱。村里原来流传一句顺口溜"清凉寺到段店，一天见万贯"，说的就是沿路靠捡瓷片、收古瓷也能赚钱。但是，汝窑遗址的发掘彻底改变了王君子的生活。看着挖掘现场的瓷器，他想，自己能不能也烧制出有如此漂亮颜色的汝瓷呢？想烧制瓷器，首先还得了解制瓷工艺，于是，他找到当时县里紫砂厂里一名也在试制汝瓷的工艺师，学习瓷器烧造技术。对于一个从来没有烧出过瓷器的农民来说，探索之

路有多艰辛可想而知。他拿着捡来
的瓷片和原料标本多次到省里甚至
北京进行成分分析，如今，什么氧
化氯、氧化硅、矸石等专业词汇，
老王说起来如数家珍。汝瓷烧制的
原料——矸石和釉料都是本地山上
的，他自己上山采料，还摔伤过腰
和腿。为了掌握汝瓷技术，他试烧
过400多种原料，每一次试烧都做
记录，现在他的这些烧制记录已经
被收入书里了。

　　几经磨难，王君子终于烧制出了天青釉汝瓷。摩挲着自己亲手
烧制的梅瓶，他笑着说："我觉得我这个比宋代汝窑的还好。"

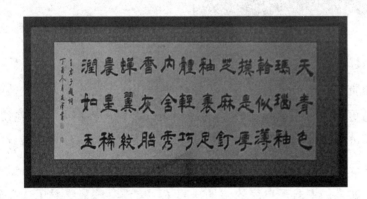

　　天青色，玛瑙釉；看似薄，摸是厚；芝麻钉，釉裹足；体轻
巧，内含秀；香灰胎，蝉翼纹；晨星稀，润如玉。——王君子

　　这是王君子总结出的汝瓷特点顺口溜，他请人誊写了挂在墙上。
他说最开始试烧汝瓷的时候并没有想做成生意，纯属爱好。而现在，

王君子手书的"君子"二字烧制在瓷器上

则是越做越有兴趣。特别是 2018 年 5 月被文化和旅游部授予国家级非物质文化遗产代表性项目汝瓷烧制技艺代表性传承人后,他觉得自己更多了一份责任。在他的带动下,全村已经有百十户在烧瓷。对于可能存在的竞争,他坦然地说:"不怕竞争,做得越多越好,因为我身为传承人,传承是我们义不容辞的责任。"

如今,王君子自家的院外挂起了"宝丰县清凉寺君子汝瓷研究所"的牌子,他租下做烧制车间的一处院子也挂上了"宝丰县君子汝瓷有限公司"的牌子。他带了十几位徒弟,侄子是设计师,三个儿子分别管理研究所的不同业务。大儿子王晓磊说,他对做瓷器经历过一个由恨而爱的转变过程。他清楚地记得,小时候,父亲王君子痴迷于汝瓷烧制,天天测试,还经常叫他们兄弟几个帮忙。"那时

候，一见到是我爸打来的电话就烦。"后来，被父亲强行拉进研究所从事管理工作以后，才慢慢爱上了这门手艺。现在，他连喝茶的茶具都是自家烧制的汝瓷杯盏，说起"瓷器经"也是头头是道。

王君子自己则主要管理烧制时间，他说这是烧制的关键，所以要亲自把关。对一些人比较在乎的器型，他倒是放手让设计师处理。他说，他并不是仿制古代瓷器，他想做的是自己的品牌。为此，他还两度设计了商标款识，烧在每件瓷器的底部。最初他用的是较为具象的款，结果有人说太俗气，于是他干脆直接用自己手书的"君子"二字作为款识，一目了然。

北宋汝窑窑址就在王君子所在村子的西南，离他家很近。他觉得自己有责任让北宋五大名窑之一——汝窑的光彩重新焕发，所以，对于时下的潮流，他并未动心，只想把那一抹天青色烧下去，用千年前的温润光华继续滋养乡土中国。

非遗传承人的君子之风

史敏

《周易》曰："天行健，君子以自强不息，地势坤，君子以厚德载物。"王君子是一位地道的农民，却如他父亲给起的"君子"之名一般，行君子之风，果然干成了一件大事——成为我国宋代五大官窑之一的汝窑的非物质文化遗产的代表性传承人。名字与成功可能有冥冥中的偶合，但现实中的非物质文化遗产传承人，真是要有君子风骨才能做得。

君子一定志向高远。当年王君子跟村里的众多人一样，围着发掘出的古窑，捡拾考古队不入眼的瓷片。有人很快就出手换钱来用，他却成天琢磨，想着自己能不能也烧制出质地相同的完整的窑器，让这片土地已失传的汝瓷在他手上重焕光彩，让千年前的汝窑再现辉煌。对一个高中文化水平的农民来说，这个志向不可谓不高远。

君子一定坚忍不拔。他从零起步，拜师学习打浆、制坯、上釉、烧窑的基本技艺。没有烧制汝窑的关键资料和前人经验，就拿着瓷片找科研部门化验化学成分，又找不同的材料、用不同的方法反复试验。仅为了配制出纯正的天青釉，他不顾摔伤腰腿、漫山遍野寻找各种特殊的石头，粉碎、配比，做了400多次的试验。他还自己设计烧气的窑炉，摸索火候的规律。

君子一定重义轻利。王君子把自己几十年试烧汝窑的数据，提供给国家科研部门；将自己对汝窑的认识和研究写成书；还总结了通俗反映汝窑特性的顺口溜，让人书写出来挂在墙上；手上拥有几可乱真的汝窑烧制技术，却不投机钻营，还在器物底部特别烧上"君子"的款识；村里有人跟着烧制汝窑，他有请必到给予指导；为了保护当地日益减少的瓷土资源，他还四处呼吁有序采挖、依法采挖。

君子与圣人不同，在现实生活中并非高不可攀、触不可及。也许，他就在我们中间；也许，他就是普普通通的你我他。只要我们自强不息、厚德载物、胸怀坦荡、利于他人……就是在行君子之风；有了君子之风的品行，不论你做什么，不论你是农民、工人，还是教师、医生、科研人员、文艺工作者，都能为国家、社会和人民做出有益的事来。

宝鸡妙手匠万缕巧思塑泥成金
旧时泥耍货荣登邮票享誉海外

本集采写：季盈盈

陕西省宝鸡市凤翔县城关镇六营村素有"中国泥塑第一村"的美誉，是中国民俗文化四大泥塑之一的凤翔泥塑的发祥地。在位于六营村中心位置的艺博园，我们见到了这次探访的主人公胡新明。几乎省去了所有寒暄，胡新明滔滔不绝地开始讲述自己与凤翔泥塑的这半生情缘。

20 世纪 70 年代前中期，自他懂事起，家中就缺吃少穿，泥塑成了贴补家用、换取口粮的"讨饭手艺"。新明小小年纪就跟着父亲

用架子车拉着"泥耍货"到百里之外的陇县、华亭等地走村串乡，"耍货耍货，一毛钱两个"地喊着去叫卖，以换取微薄的收入买点粮食，或者干脆用"泥娃娃"换些馍疙瘩、破衣服、旧皮鞋。

　　胡新明初中毕业时，适逢农村改革包产到户，农民劳作之后有了空闲时间，许多人家捡起了祖传手艺。就在胡新明毕业前夕，一批来华访问的法国友人专程到陕西要看"凤翔泥娃娃"，原来其先祖一百多年前曾从中国带回去一批精美的凤翔泥塑作品，嘱托后代有机会一定要到中国寻访泥塑的故乡。胡新明作为凤翔泥塑的新传人参加了给外国友人的"泥娃娃"制作演示。胡新明说，自己随意捏的猪八戒卖得最好。当时的不拘一格和自己的随意创作，让他第一次感觉自己做的东西，原来是会有人喜欢和欣赏的。

　　1985 年，陕西省政府在美国明尼苏达州举办"陕西月"活动，胡新明被选定为"中国陕西民间艺术交流团"4 名成员之一，带着300 多件泥塑作品和用皮箱装着的 100 多公斤泥巴，平生第一次乘坐飞机，作为友好使者飞往大洋彼岸。胡新明说，在家卖几分钱的泥

宝鸡妙手匠万缕巧思塑泥成金
旧时泥耍货荣登邮票享誉海外

塑，愣是卖出了 50 美元。

亲眼见证这"泥娃娃"变成了"金娃娃"，胡新明决心让凤翔泥塑进一步发扬光大、走遍天下。他全身心扑在了泥塑制作上，不仅熟练掌握了传统技法，还在继承的基础上大胆创新。为了攻克泥塑作品在运输过程中容易破碎这一难题，他花了两年多时间，进行了数百次试验，终于研发出"摔不烂"泥塑。

凭着一股子钻研的劲儿，胡新明先后又攻克了凤翔泥塑产品设计单一、模具制作缓慢不易保存等难题。

胡新明和六营村村民获得的部分荣誉

胡新明工作室的墙上挂满了他塑造的泥塑形象

宝鸡妙手匠万缕巧思塑泥成金
旧时泥耍货荣登邮票享誉海外

　　为了让泥塑从手艺变成产业，胡新明在村里建成了艺博园，把工作室搬到了这里。

　　2002年，胡新明创作的泥塑马成为当年生肖特种纪念邮票造型。此后，凤翔泥塑就与中国邮票结下了不解之缘，泥塑羊、泥塑猴、

泥塑鸡等，或者成为特种生肖纪念邮票的主图，或者登上特种邮票集邮册封面或封底，或者作为中国邮政有奖贺年卡或贺年信封，进入了千家万户，在给人们带去新年祝福的同时，也使凤翔泥塑成为家喻户晓的民俗工艺品和颇具特色的馈赠礼品，深受人们喜爱。

现在，六营村 70% 的农户从事泥塑生产。泥塑生产也成为村民增收的重要途径，2017 年实现产值 5200 万元。

胡新明的女儿胡锦媛说，父亲太忙，一年全家人都坐不到一块儿吃一顿团圆饭，甚至中秋节、春节都很少在一起过。胡锦媛说，虽然小时候很不理解父亲，但现在她看着父亲将凤翔泥塑做到今天这个影响力，将六营村带到今天这样的发展现状，很为他骄傲。在她心目中，胡新明可能不是一个特别优秀的父亲，但却是一个特别优秀的艺术家。

随 评

让热爱更持久，让付出有回报

季盈盈

　　一双妙手，万缕巧思，胡新明将凤翔泥塑这个"泥娃娃"变成了"金娃娃"，而这样的转变并不是一蹴而就的，因为特殊材质带来的运输、制作困难等难题，它也曾经历萧条，甚至几近消失，但却有幸遇到了热爱并执着于凤翔泥塑的"胡新明们"。他们将传统文化发扬光大，走出国门，成为我国宝贵的"文化名片"。

宝鸡妙手匠万缕巧思塑泥成金 旧时泥耍货荣登邮票享誉海外

141

　　在乡间，又有多少我们知晓或不曾有机会感知的传统技艺、民俗文化呢？它们是依附于各地农村群众生活、习惯、信仰和情感的地域文化风俗，是当代新农村文化建设主要推介的内容。这些传统文化和技艺需要传承、推广，需要被人记住、被人感知。

　　传统文化如何在现代社会有效传承，胡新明一家就是个范例。他的儿女都是80后、90后，女儿学的是外语，做过市场营销，于是在凤翔泥塑的产品推广上出谋划策；儿子学的是产品设计，自然是在包装和产品规格上下功夫，为凤翔泥塑的产业化道路添砖加瓦，注入新活力。

　　当然，激发乡村民俗文化活力，不能只靠群众自发努力，也要完善治理体系建设，从组织建设入手，明确政策方向，培养民俗文化带头人，让文明进步的民俗文化在农村扎根。让热爱更持久，让付出有回报。

雕塑艺术家学成返乡当上村长
内陆小山村艺术当家领雁齐飞

本集采写：高凡

靳勒很忙。

作为西北师范大学雕塑系的教师，靳勒每周有三天要在兰州的大学里授课，和学生们聊罗丹和米开朗基罗。而剩下四天，靳勒要回到 300 公里外的甘肃省秦安县石节子村，和村民们琢磨怎么修路，怎么策展，怎么让更多人走进这个只有 13 户人家的自然村。

为啥要这么折腾？因为石节子，是靳勒的家。

50 多年前，靳勒就出生在这里，父亲是铁路工人，母亲一生务农。从懂事起，靳勒几乎每天都要帮母亲挑水、劈柴、修整家里的花椒树。然而，农家生活并没有磨掉靳勒对色彩、图形的好奇与迷恋。1986 年，在母亲的那句"你尽管出去闯"的支持下，靳勒考入西安美术学院雕塑系，成为村里走出的第一个大学生。而且，还是个大家都不熟悉的"艺术生"。

1991 年，大学毕业后的靳勒跟随时代洪流，与同学一起南下"闯深圳"。在流水线般的工作中靳勒却越来越感到"学了五年的雕塑，白费了"。一年后，靳勒辞职回到兰州，考入西北师大雕塑系当

初雪后的石节子村

靳勒在拍摄自己的雕塑作品《乡村的母亲》

教员。虽然挣得不多，但对艺术的热情又回来了。更关键的是，这个西北汉子，回家了。

出门闯荡这么多年，靳勒没想到家乡却还是老样子，村里的自来水依旧没通，60岁的老母亲每天依然挑着扁担。这一切，怎么改变？艺术，是靳勒仅有的"资源"。

在"学生、老师、儿子"的角色转换中，靳勒开始更细致地观察、更大胆地创作：他把自己的脸放在鱼身上，有了如今就立在村口的雕塑作品《鱼人》；他把父亲每天用的铁锹和耙子包上金箔纸，有了装置艺术作品《贴金》；他还在村里拍纪录片，教村民拍照、画画……就这样，靳勒开始从单纯的雕塑家变成"艺术家"，开始用更多元的形式表达自己，用更虔诚的方式"回家"。

从 1998 年到 2008 年，靳勒不仅自己迸发出很多创作火花，更让石节子的村民看到了实实在在的变化——作为"共同创作者"，他们第一次跟着靳勒出了国，第一次接待了游客，第一次看见村里修了水泥路……大家一下子意识到，石节子开始不一样了。

2008 年，村民们觉得"靳勒有能耐"，就举手表决让他当这个自然村的带头人，算得上"一村之长"，他没有拒绝。靳勒说，村民之所以会推选自己，是基于一种希望。既然接下了这份希望，就得担得起这份责任。同样在那一年，石节子美术馆正式成立，馆长靳

村口崖壁上的"石节子美术馆"，字体
源自靳勒的母亲

村民安装靳勒的雕塑作品《鱼人》

雕塑艺术家学成返乡当上村长

内陆小山村艺术当家领雁齐飞

145

专程来石节子参观的外国游客

靳勒展示与村民共同完成的作品《金银棒》

勒也上任了。于是，他有了更多野心。

在靳勒的规划里，整个石节子村就是美术馆本身，13户人家是13个分馆，孕育着沉睡的乡村艺术家。而为了"唤醒"这些艺术家，把创意和资源变现，靳勒与好友琴嘎在2015年共同发起"一起飞——石节子村艺术实践计划"，邀请25位当代艺术家到村里生活，与25位村民结对子，共同进行艺术创作。恍惚间，许多雕塑、装置和绘画作品开始在石节子村开花，墙壁、村口、田间，不经意间的一抬头就能看到一座雕塑，走累了靠在墙边歇一会儿，身旁就是一幅壁画。走在石节子村，能看到的雕塑比人多。

与之相对的是，这些年靳勒自己的作品少了，他把更多时间用在做规划和策展。有人说，靳勒其实是在"借艺术之名，行乡村改造之实"。

村民李保元和靳勒一起长大，平时在村里务农，偶尔去县城打工。通过"一起飞"项目，这两年他真的"飞"到了北京、上海和德国柏林，亲自展示作品、演讲、拿奖，成了别人口中的"农民艺术家"。接触的人多了，不害怕了，村民因不期而遇的"艺术细胞"发现了自己在务农之外的价值，在一次次突破中收获着自信、尊重和满足感。

靳勒向孩子们展示村口的雕塑作品

但这些"软性收入"，靳勒觉得还不够。

石节子是个闭塞的山村，13 户人家零星地散落在山坡上，彼此相望，土路相连。在采访中，靳勒不断重复一句话："实际上你看，十年过去了，村里的变化并不大。"每说一次，他都要深深地吸一口烟，向小院外望一望。的确，喧嚣过后，大多数村民（包括靳勒的老父老母）还要靠种花椒树和外出务工挣钱。艺术领域的闪光，还不足以把村里的年轻人留下。

靳勒说，无论各种活动和噱头怎么热闹，"通过艺术让村民过上更好的生活"始终是最核心的。在石节子的下一个十年，艺术创作当然要继续，但更要开发配套的服务体验项目和文化衍生品，把创意变现，让这 13 户懵懂的"乡村艺术家"能变成悠然的"乡村生活家"。当然，这段"搬家"的路还很长。

雕塑艺术家学成返乡当上村长
内陆小山村艺术当家领雁齐飞

随　评

让现代艺术扎进乡村土壤

高凡

　　艺术，怎么改变乡村？这项命题在很多地方都做过实践，也有过些许成功和更多坎坷。显然，乡村不能只充当一个艺术家"体验生活"的中转站，也不能只满足于搞搞活动"热闹一天，即刻散场"的瞬间快感。除了增加瞬时曝光度，乡村更需要长久的艺术滋养、潜移默化的意识影响和看得到的收入与改变。

　　通过艺术改变乡村，艺术家靳勒的做法显得更加实际，那便是"一边干活、一边创作，一同成长、一起生活"。石节子是个闭塞的小山村，村民多年来靠种植花椒、苹果等为生。靳勒被推举为村里的带头人后，并没有急着用艺术代替一切，而是循序渐进地赋予它们新的意义。可以说，靳勒对石节子所改造的每一步，都不至于让村民感到惶恐。

　　靳勒是艺术家，但更重要的是在村民眼里，他也是农民。当记者第一次到达村里的时候，靳勒正提着一个木桩型的工具在"夯地"，手法熟练，跟村里的其他农夫没什么两样。他正要把老院外的小路拓宽些，说"方便运东西进来"。放在前些年，能运的顶多是日用品和农产品；现在，运的大多是建筑材料和雕塑工具。这，就是石节子的变化。

靳勒在 2015 年发起的"一起飞——石节子村艺术实践计划"，区别于直接把成品打上乡村标签的"扶贫性创作"，而是真正帮助村民发现自身价值的"成长型创作"。外来的艺术家并没有把想法强加给村民，而是帮村民把那些质朴的"瞎想"付诸实践，呈现于更大的舞台之上。靳勒的智慧和优势就在于，他瞄准了现代艺术"去精英化"的特质，利用了低门槛的特点。装置、行为等现代艺术区别于绘画、雕塑等精英艺术，不需要严苛的基础技能训练也能完成创作，这无疑为农民介入艺术提供了最大的可能性。

从 2008 年至今，石节子美术馆的实践是靳勒本人的成功，也是石节子村民的希望。在接触艺术的过程中，村民们就像是初入学堂的孩童，经历了"被动接受——主动参与——选择性拒绝"的成长历程。门槛虽然低了，可靳勒和石节子的眼光却更长远。村民毕竟要生活，你无法要求一个家里没了收成的人妄谈创作。那么，衔接两者的"衍生开发"就显得尤为重要，这是石节子在磕磕绊绊中总结的经验，也为其他乡村提供了宝贵的借鉴。

靳勒和石节子村或许是特殊的，但绝不是孤独的。无数乡村都孕育着沉睡的艺术家，也从不缺少乡村梦想家；而真正需要解决的是如何让情怀落地，让艺术扎进土壤。但愿，石节子十年来摩擦出的艺术火苗，不会是一闪而过的喧嚣，能给自己和其他乡村创造更多信心和思考。

执着贫困户精神不倒醉心拍摄
农民摄影家怀揣梦想取景乡村

本集采写：张程

在陕西陇县有一个小山村——峰山村，在这个偏僻到几乎和外界隔绝的地方，农民谢万清爱上了摄影。1955年，谢万清出生在这里的一户普通农家，今天，他被人们称作"中国最穷摄影家"。

从宝鸡市陇县县城出发，开车到谢万清家中，大约一小时车程。和大多数陕北农村一样，他家至今还是土坯房，坐落在山间的沟沟坎坎中，远远望去看不真切，近前看时危若累卵。

老谢只上过小学四年级，家里穷，小时候只有过年才能吃上饱饭。14岁时赶上知青下乡，他平生第一次摸到知青带来的红梅牌照相机，从此就爱上了摄影。1978年，23岁的他终于攒够了74元钱，买到了人生中的第一部相机，就像有了另一双眼睛。

此后40年，他的人生几乎全部与摄影有关，地可以不种、病可

以不看、儿子的婚事可以不考虑，但相机和胶卷必须要买。

谢万清：我是陕西的农民谢万清，一辈子就爱照个相。我的镜头里，没有名山大川，也没有高楼大厦，只有父老乡亲和我身边的沟沟汊汊。拍了几十年照片了，我想和城里人一样，风风光光地办一场影展，这就是我农民谢

征 服	老哥俩
小伙伴	祈 雨

万清一辈子的梦想。

早年农村没电，没法做暗室，谢万清就用煤油灯做光源，用尿素、食用醋等代替化学试剂冲洗照

虔诚

渴望

早晨的太阳

片。没钱买胶卷，他就拼命种庄稼。别人卖了麦子的钱都用来给家里添置家电，他却大部分用来买胶卷。村里人的红白喜事、邻居的田间耕作、陇县的各种集市都成了谢万清的拍摄素材。

谢万清的作品充满着陕北黄土地的顽强生命力，粗犷而热烈。他的构思与取景颇为精妙，对虚实明暗所营造的意境甚是考究。谢万清为自己的作品取名，大多是"从前""画中岁月""古今同吃一碗面"，充满着他对过往乡村岁月的回忆。2015 年，谢万清的作品挂在了米兰世

博会中国馆的墙上。

今年 63 岁的谢万清操着一口浓重的陕北方言，要靠当地人翻译才能明白他的意思。也许是更善于用相机说话，交谈中，谢万清总是沉浸在自己的世界里。面对记者的提问，他总是问东答西、南辕北辙。但接受采访多了，他也从中练就了自己的经验和审美，会批评有些记者写他写得不好、不扎实。

2016 年对谢万清和他的一家是重要的一年，凭借县财政扶持，家里种了几亩核桃，彻底摘掉了贫困户的帽子。同年，凤凰卫视播出了一部专门讲述谢万清个人故事的纪录片《老谢》，更多人因此认识了谢万清。节目播出后，来找他的人越来越多。

就在那年 4 月，他几乎凭借一己之力，在西安市一家街心公园举办了自己的影展。当为期三天的影展结束后，他恋恋不舍地在小桥的栏杆上留下一张字条："实在对不起大家，回家种地去了。"

执着贫困户 精神不倒 醉心拍摄
农民摄影家怀揣梦想 取景乡村

尽管名声在外，尽管小有成就，家里需要的还是他这个劳动力，而不是艺术家。

谢万清的作品在海内外饱受好评，但他几乎没有存款，还欠着外债。中国最穷摄影家，在现实和梦想的平衡中，仍在前行。

随　评

给热爱一份支持

张程

在中国所有的摄影师中，谢万清算是个"异类"。在旁人眼中，老谢是个"不务正业"的农民，地不好好种，却花好多钱买器材。在世俗的标准来看，他算不上摄影家。但他的摄影作品，却走进了米兰世博会，代表国家参展，获得行家的好评。

为了追求梦想，他可以不顾一切，这份执着和决然，令人敬佩。

有人用"单反穷三代、摄影毁一生"来调侃揶揄那些酷爱摄影的人。可见，摄影是件需要很大财力支撑的事儿。老谢只是一位农民，2016年前，他家甚至还没有脱贫，但他在那么贫穷的生活里，还节衣缩食，创作了8000多张生动鲜活的西北农村纪实摄影。正如美国评论家苏珊·桑塔格在《论摄影》一书中指出的那样："摄影影像似乎并不是用于表现世界的作品，而是世界本身的片段，它们是现实的缩影，任何人都可以制造或获取。"

到底是农民老谢，还是摄影师老谢？

老谢是摄影师，是艺术家，是一位坚定的理想主义者。他执着痴迷于摄影的一生，也是一位再平凡不过的草根农民忠实于自己的内心，与命运斗争的一生。

但老谢的根，还是农民。他的生活离不开土地，他的镜头里更是如此。

这几年，农村的经济生活越来越好了，但精神生活却依然相对匮乏，反映农村面貌的高质量文化作品仍然凤毛麟角。而乡村文明的振兴正需要很多像老谢这样不求回报、扎根农村的乡土文化人才。

地道庄稼汉挥洒烟火奇绝璀璨
艺术金凤凰攀枝梧桐百鸟和鸣

本集采写：杨泊轶

深秋午后的暖阳金光闪闪地照在王德的身上，这位憨直的农家汉子笑盈盈地和我们唠着今年的好收成。

30多亩玉米，种、收都是机器，如今的庄稼人并不劳碌，王德平时大部分时间都在忙乎"打树花"，这是他们河北蔚县的拿手绝活。

偌大的打树花广场在开演时，观众会坐得满满当当

打树花前的准备——熔化铁水

打树花，起源于明朝万历年间，王德就是打树花的传承人。4岁时对打树花"一见钟情"，14岁与伙伴三人下定决心学习打树花，经五年之久才出师，直到如今年近半百，"我想一辈子活在树花的绚烂之下"。

打树花，首先要把铁熔化成铁水，铁水达到1600摄氏度高温的时候，被泼洒到古城墙上，飞溅到空中。刹那间，黑暗的夜空骤然明亮，似朵朵烟花盛开，有大有小、有疏有密！有的像天女散花，有的像银河落日，有的像散落玉盘的宝石，有的像飞流直下的瀑布……花团锦簇，火树银花！

王德说，如此壮观的打树花最早是由贫苦的百姓不经意间发明的。以前，有钱的人过年过节燃放烟花爆竹，没钱的人在打铁的时候发现铁水掉在地上，迸溅得特别好看。后来，人们又把铁水浇到了城墙上，这就是最早的打树花。

河北蔚县打树花名声在外，每年吸引着几十万游客前来观赏。

157

　　王德说，在 2009 年以前，打树花只有在正月十四的时候打。从 2009
年之后，镇里建造了户外的打树花广场，通过基础设施的提升，打
造更加精彩的打树花节目，游客人数逐年增长。从 2009 年的年接待
游客量一万多人，到现在年接待游客量可达几十万人。打树花已经
从村民们自娱自乐的年俗项目，成长为造福一方的产业。比如王德，

就从这打树花里多了一份收入。

　　夜幕降临，观众陆陆续续进场。尽管已经操练了几十年，如今每次上场之前，王德还是很兴奋。当记者说面对这么多观众闪亮登场，他特别像一个大明星时，王德显得很高兴："我特别喜欢你说的'明星'这个称号。这个打树花本来就很出名的，不论是什么工作，

干好了以后，就是一个大明星。"

打树花被誉为勇敢者的游戏，打树花艺人的装备一直十分神秘，是什么样的行头能够让他们在四溅的铁花中自由穿梭呢？

翻毛羊皮袄，沾火不着、不起明火。

帆布护腿、鞋面，虽会被烫出洞，但也不会起明火。

平常下地干活戴的草帽可以稍微抵挡铁汁的伤害。

最为神奇的是用柳树做成的木勺，反复浸泡、晾干的木勺能够舀起 1600 摄氏度高温的铁水，一场打树花表演要用 18 个这样的勺子。就是靠着这些简单的装备，王德师傅挑战着奇、绝、险的打树花表演。

"炉火照天地，红星乱紫烟。"诗仙李白描述的月夜冶炼场景想必也没有今天的打树花这般绚烂吧？看着意犹未尽的观众久久不愿散去，王德师傅也在等待着下一个开始。王德

这身简单的装备要面对 1600 摄氏度的高温

说："累是非常累，但是心情是高兴的，一看到那么多的观众，在打树花的时候那个呐喊声、鼓掌声，心情是特别高兴，这才是真实的生活。这些年我也收了一个徒弟，还没出师呢。打树花难学，要打漂亮更难，而且初学者胆小太容易受伤，我当年可没少挨烫。"王德希望，能用科技与艺术的手，将打树花古朴而低调的美丽，永远传递下去，传递给更多的人。

古老的城墙诉说着久远的打树花传统

随　评

用优质服务助推美丽产业

杨泊轶

　　庄子曾说：南方有鸟，其名为鹓鶵，子知之乎？夫鹓鶵发于南海，而飞于北海，非梧桐不止。鹓鶵，是中国神话传说中的祥瑞之鸟，一般指凤凰。这段话也引出了我们常说的：栽下梧桐树，引来金凤凰。如今多被用到招商引资上来，只有创造好的发展环境和条件，才能留住人才、留住资金。

河北蔚县的打树花，就是当地的一棵梧桐树，只不过以前一直没有打造好，默默地沉在深闺里。为了引来游客这只"金凤凰"，甚至引来百鸟和鸣，当地下定决心做了很多努力——

2008 年至 2010 年投资 1500 万元，当地政府新建树花广场，并完成了打树花商标注册；

2011 年投资 3500 多万元，完成了场地基础设施建设，并请专业团队编排了《火树金花》节目；

2012 年投资 600 万元，改造座席区，建成电子售票和门禁检票系统；

2013 年投资 400 多万元，完成树花广场景区亮化工程。

暖泉古镇打树花文化产业项目建设至今，已累计投资 6000 多万元。舞台、观众席、大屏幕、树花墙、先进的声光电系统一应俱全。

梧桐树真的引来了金凤凰。从 2009 年开始，打树花节目从原来的一年一场改为现在的旺季每周两场，每年能吸引几十万游客。不仅如此，当地还兴建了高标准的宾馆、古色古香的民宿。住得舒坦，再加上地道的特色美食，游客们真是全方位的享受。随着道路和基础设施的不断升级，来自各地的人们到这里小住、常住的是越来越多了，带动了娱乐、休闲、养老等其他项目的开展。小镇终于打造出了以打树花为核心的美丽产业。

优秀的传统文化是乡村发展难能可贵的资源。如何利用好它，可不是一件容易的事。蔚县打树花给我们做了一个很好的范例，那就是大力发展配套设施、提高服务质量，用打树花吸引人，用高质量的配套服务留住人，助推当地美丽产业的发展。梧桐树吸引来的不只是金凤凰，更是百鸟和鸣。

地道庄稼汉挥洒烟火奇绝璀璨
艺术金凤凰攀枝梧桐百鸟和鸣

163

藏羌汉民族羊皮鼓舞欢乐融合
三个传承人再现民俗续写新篇

本集采写: 郭蔚

　　路西村位于中国甘肃省定西市的渭源县麻家集镇, 每到春节, 这里都要上演一种起源于1300多年前古羌民祭祀活动的羊皮鼓舞, 当地人称其为"打西番婆"。2011年, "打西番婆"被列为甘肃省级非物质文化遗产并更名为羌蕃鼓舞。陆海忠、陆海清、陆永富就是村子里的三位非物质文化遗产传承人。

　　进入腊月以来, 路西村在外打工的人陆陆续续都回来了。杀年猪, 请"阴阳", 做扫除, 买年货, 家家户户都在准备过年, 村子里

出村打鼓

的年味越来越浓。每到这个时候，村里的非遗传承人、最年长的老太爷陆海忠就要开始张罗春节期间的社火。而今年又要给羌蕃鼓舞队更换新装，这件事挂在老爷子的心中，更是与往年不同。

路西村里只有一个大姓，就是陆姓，这意味着整村的人都或多或少有些亲戚关系。作为前任团长，陆海清现在已经不再自己上阵打鼓，不过在村子里属他辈分高，该他跑的事一件也少不了。这不，有人的鼓去年打破了，因为羊价一直居高不下，赶年底才得了一张好羊皮，他找到陆永富，两人一起帮着蒙了一面新鼓。这蒙鼓的手艺也是家传的，虽然并不复杂，但要拿捏好轻重尺寸，也不是一朝一夕的功夫。

陆永富作为鼓队中打旗和领唱的人，地位自然是举足轻重。但是已经抱上孙子好几年的他，却感到体力越来越不够，他心里琢磨着打过今年这一次，就要退下来了。

羌蕃鼓舞作为当地年俗活动中的一项，一般只在过年时进行，因此，生疏了一年的

鼓手们需要通过腊月里的练习，找回打鼓的感觉，为正月里的活动做好准备。

鼓队的服装经历了几次变化，但传承人陆海忠始终不太满意，他觉得与他儿时记忆中的样子有很大的差别，他一直想恢复鼓队的传统服装，并且希望羌蕃鼓舞能够申请上国家级非物质文化遗产。

正月初六，路西村的新年民俗活动正式启动。这一天，羌蕃鼓舞队的全体成员，要在村里小山神庙前的场院上打新年的第一

场鼓。

羌蕃鼓舞以羊皮鼓为道具，成员由掌旗人、老西番、西番婆、鼓手、孩子组成。队伍中由两名掌旗人引领，二十名青壮年紧随其后，手持羊皮鼓敲击起舞，几名儿童身着彩衣，手持彩扇穿行其中，另有一个男扮女装的西番婆在队伍中扭捏作态，引人发笑。在老西番的指挥下，鼓手们依次表演走四门、龙摆尾、铁绳扣、攒八卦等阵型。整个舞蹈具有圆圈起舞、鼓铃交加、歌时不舞、舞时不歌的特征。掌旗人所唱的番曲多为祝福吉祥如意、五谷丰登的内容。

点蜡、敬香、上供，叩首接神。浓浓的年味、原汁原味的乡俗，也就在阵阵鼓声中弥散开来。

正月初九，在中国北方农村里是正月社火开始的第一天，一般要持续到正月十五，而路西村的社火则要多一天，直到正月十六的晚上才算结束。

这一天是各村镇社火最集中的一天，路西村的羌蕃鼓舞队也最忙。以前，包括路西村在内，附近有七八个村镇都在过年时打鼓，但现在只剩下路西村这一支鼓队，因此四邻八乡来请的不少，鼓队要按照先后顺序去别的村子打鼓，为乡亲们祈福助兴，也是为自己求个平安吉祥。附近村镇的社火队也会到路西村来表演，俗称"送社火"。

今年的春节真是吉祥如意。路西村的社火队一路顺顺当当，没有出任何纰漏地打完了今年的十几场鼓。正月十六在本村的场院上打完最后一场，送完瘟神，卸将之后，今年路西村的一件头等大事就算是圆满结束了。

在结束后的全体大会上，陆永富如愿找到了接班的人，鼓队又吸纳了几个年轻人。对于鼓队下一步的发展，老太爷陆海忠、前团长陆海清甚至包括退下来的陆永富，各自心里都有自己的打算。

村子里恢复了宁静，鼓队成员的生活恢复了正常。年过完了，出门打工的人又要出发了。

随　评

乡村非物质文化遗产是民族文化的根

郭蔚

路西村是甘肃省定西地区渭源县的一个边远村镇，属于贫困县里的贫困村。虽然经济落后，但民风一向淳朴，对父母长辈妥为奉养，极为孝顺，对传统习俗、四时祭祀、红白喜事一丝不苟，重礼守规。虽然这些传统曾一度被清除，但是在包产到户后，村民们对传统习俗的关注度很快重新恢复，并且在某种程度上更为重视。

从 20 世纪 90 年代开始，中国农村的村落公共空间已经发生了很大的变化，以各种民俗活动、人情往来为基础的非正式的公共空间日益凸显。

正是因为公共空间对村民公共性精神互动的需要，路西村的村民们一直以一种刻意的虔诚悉心维护着这一仪式的运转。这种情况不仅是路西村的村民，也是中国北方农村里的人们竭力在维护和坚守的东西。这种人情往来对村民们内在精神需求的满足，更是支撑羌蕃鼓舞这种民间艺术形式在路西村得以存在与传承的基础。路西村的村民也正是在集体参与、一起打鼓的过程中获得了精神互动的满足与共同情感的维护，这也是路西村村庄秩序的一种体现。

除了羌蕃鼓舞，记者在采访中还遇到了路西村杀年猪、接山神、送瘟神等民俗活动，看似与打鼓的事无关，但却是羌蕃鼓舞得以在乡村里传承下来的基础。

在采访中记者随时随地都能看到三位传承人和鼓队其他成员之间的互动与交流。他们都是乡村小人物，平凡而朴实，生活中也有喜怒哀乐、悲欢离合，面对羌蕃鼓舞的传承，他们既有信心和希望，也有无奈与担忧。在不断变化的时代背景下，羌蕃鼓舞这种非物质文化遗产在延续与传承中面对的困境是现实的，而传承人付出的努力也是艰辛的。事实上，对于一种非物质文化遗产来说，灵魂的依托才是传承下来的理由，是民族文化的根。

我们最终要保护的是人跟土地的关系，而不是简单的形式。

传唱二人台曲不离口终成大家
民间活化石抢救经典流传后世

本集采写：刘阳　梁东霞　张慧　王凤霞

在内蒙古包头市土右旗有这样一位老人，他是地地道道、土生土长的农民。他从小就爱听二人台，听了一辈子，唱了一辈子！不管生活再艰难都没有放弃对于二人台艺术的热爱。他就是被誉为"二人台活化石"的民间表演艺术家郭威。一个普通老人，却有着不平凡的一生。

郭威出生于二人台世家，他的高祖、曾祖、祖父、父亲都是二人台艺人，家中经常打坐腔、唱二人台。从小耳濡目染的他，只上了七年半的学堂就因为总是逃学去看二人台表演而辍学回家了。之后的日子，他赶马车、拉水、干农活，但不管做什么，都不能耽误他学二人台、唱二人台。

一到假期，郭威的家里都是内蒙古大学艺术学院的学生，来跟随他学习实践

郭威遍访名师，曾拜土右旗二人台坐腔第四代传人霍龙为师，先后经二人台坐腔大师刘银威、樊六、计子玉等名师指点，并形成自己独具特色的演奏演唱风格，以唱腔纯正、跌宕多姿、乡土韵味浓郁著称，成为土右旗二人台坐腔的第五代传承人。

郭威自创的打击乐组合，加上扬琴和自唱，一个人顶八个人

为了传承、弘扬二人台"坐腔"艺术，20世纪80年代，郭威卖掉自己家的货运汽车，自费创办了二人台坐腔艺术团，教过的徒弟超过百人，其中不少人在专业艺术团体工作，有的还成为国家一级演员。

2004年，内蒙古自治区举行晋蒙陕冀四省区二人台电视大赛，500多名选手报名参赛。郭威说："在太原举行的晋、蒙、陕、冀四

传唱二人台曲不离口终成大家
民间活化石抢救经典流传后世

省区二人台电视大赛总决赛中，我的二人台对唱获得了一等奖，那一刻我觉得这些年的坚持终于有了结果。"

2005 年 7 月，一部 238 万字、编入了 128 个二人台传统剧目和 100 个传统二人台曲调的巨著《二人台·山曲经典》由中国戏剧出版社出版。这部巨著就是由郭威等人合作收集、整理、改编的二人台和山曲的一部专集，其中有一些剧（曲）目、牌子曲、山曲等早已失传，如牌子曲《呀圪嫩花》、快板《杨八姐游春》《武松闹会场》、山曲《洋烟灯》等，都成为绝唱了。

说起写书的过程，郭威有点不好意思地说："我没上几天学，二人台的曲调都在我的脑子里，可是写出来太难了。我写白字、画圈圈，没少闹笑话……"

说起自己编的书，郭威满满的回忆

郭威最得意的身份应该是内蒙古自治区文联民间艺术家协会命名的"民间艺术大师"和第一批内蒙古非物质文化遗产项目代表性传承人。鉴于郭威在二人台艺术方面的造诣和突出贡献，业内人士都亲切地称他为二人台"活化石"。

经过一百多年的传承和发展，二人台已成为土默川平原特有的"文化景观"，一首首生动诙谐又韵味十足的二人台小曲，唱到乡亲们的心坎儿里，一批又一批二人台的民间艺人在专业的舞台上精彩绽放。现在的二人台已经成为当地娶媳妇、聘闺女、聚会庆典等喜事中必不可少的活动。"没有二人台，再丰盛的宴席也没味儿。没有二人台，再大的场面也红火不起来。很多年轻人通过唱二人台娶媳妇、买房子、买车，唱二人台成了赚钱的香饽饽"，郭威老人自豪地说。

郭威与年轻演员们一起演奏

　　不管你什么身份，不管是什么年龄，只要热爱二人台艺术，郭威都会毫无保留地手把手地教。在包头市土右旗乡村、社区的文化大院里，总能看到郭威活跃的身影。听说郭老要来，十里八村的乡亲们都会早早地等在那里。

　　我们跟随郭威来到土右旗的振华社区文化大院，这里正在排练歌唱农村新面貌的《新五月散花》。虽然已年过八旬，但是郭威敲打起自创的乐器"打击乐组合"来依然非常娴熟。他的绝活是手脚并用，同时演奏7件乐器，即扬琴、鼓、大钹、小钹、手锣、马锣、梆子，自弹自唱是郭威积累多年坐腔演艺的经验，独创的一门绝技。文化大院成员张勇激动地说："以前只是喜欢听二人台，在周围人的感染下，我现在每天下午都来文化大院唱两段，二人台几乎要失传的曲目《杨八姐游春》现在我也能唱几句。"农民李云后说："文化大院将全村人的心都吸引过来了，过去喜欢打麻将赌博的人现在都加入到唱二人台这个行列中，通过搞音乐把村里娱乐生活也丰富了，而且人在一起也显得和谐了，一搞开这个呀一切烦恼都没有了，唱完以后也不觉得累，回去以后还能舒舒服服睡个好觉！"

如今，走在包头市土右旗的大街上，无论白发苍苍的老人还是五六岁的孩童，都能哼唱几句二人台的经典曲目。正如戏歌《我们的二人台》中唱到的一样"我们的二人台乡间野花开，我们的二人台它就一代传一代"。

随　评

扎根乡土才能魅力持久

刘阳　梁东霞　张慧　王凤霞

二人台是内蒙古西部地区深受百姓喜爱的戏曲剧种，当地至今流传两句"老话儿"："二人台，赤肚子唱到头发白！""二人台真红火，句句唱在咱心窝窝！"逢年过节、庙会赶集，都离不开二人台。

如今，二人台已不仅仅是场院里、土屋旁的娱乐消遣，更不是当年走街串巷讨口饭吃的谋生手段了，它逐渐登堂入室，代表了一方水土一方文化。一曲曲新创作的二人台曲目唱出了新时代农民的精气神，唱出了新农村的新生活。同时，二人台也成为土右旗的文化品牌，成为乡村旅游的特色。

　　一个和谐的社会，应该不单是城乡经济齐头并进的富裕社会，更应该是文化层次相当、文化资源平等共享的文明社会，而传统文化艺术在乡村的复苏和发扬光大正是文明乡风的标志之一。

　　亲切二人台，民间歌舞来；春风扬锦帕，飞蝶百花开。五千年来，无数璀璨的中华宝贵文化遗产，都是靠着口传心授，靠着一种神韵、一种意蕴而绵延不绝，流传至今。愿二人台这门艺术和技艺能够承先启后，不断创新，大胆探索，在历史的长河中能够历久弥新、生生不息。

百年老手艺薪火相传声名远播
世家有心人女承父业守正创新

本集采写：杨泊轶

上午还在山东参加非遗展览，下午就火车、汽车地一路赶回了河北蔚县南张庄村，天擦黑的时候，周淑英终于走进了自己的工作室。忙活了一天的她又精神抖擞地拿起了刻刀，开始剪纸。不管多忙、多累，安静地剪纸都是周淑英最享受的事情。

蔚县剪纸源于明代，是全国唯一一种以阴刻为主、阳刻为辅的

彩蝶纷飞 周淑英剪 王习三题 己丑年冬

百年老手艺薪火相传声名远播
世家有心人女承父业守正创新

点彩剪纸。一张薄薄的白纸，用小巧锐利的雕刀刻下来，再点染上绚烂的颜色，形成空灵、艳丽的艺术品。周淑英正是这门古老非物质文化遗产的国家级传承人。

周淑英出身剪纸世家，但她的学艺之路却不平坦。父亲定下的家规是传男不传女，小淑英心里很是不服。于是，9岁时，她就开始偷着学艺。父亲发现后，一次次将她创作的画和剪纸撕掉。可是周淑英初心不改。父亲见她如此执着，郑重其事地和她谈了一次话，然后决定把这门手艺传给她。

蔚县剪纸讲究"三分刻，七分染"，用色很有讲究，以前基本只用粉色。有一次，周淑英的手被磨破了，鲜血顺着手指滴到宣纸上。

鲤鱼跳龙门

她看到血滴在宣纸上的晕染过程和效果，立刻联想到可以用大红色染出红牡丹和火龙。正是这种敢于打破常规的创新精神，让周淑英的作品得到了广泛的认可。

周淑英22岁时首次在京、津举办剪纸展览，还曾赴法国、卢森堡、比利时等很多国家进行现场

剪纸表演。她创作的《清明上河图》《百蝶图》《生命树》《农家乐》《彩福图》《牡丹》等作品分别被中央美院、中国美术馆，多名国外元首及名人收藏，她本人也成为北京大学等30多所国内外知名院校的客座教授。

在周淑英的眼里，剪纸应该是生活在这片土地上的人们

贴窗花

表达自己的基本手段，是绽放在原野上的文明之花！因此，她现在经常去乡下给姐妹们讲剪纸艺术。守着家和土地的妇女们，每月还可以通过剪纸增加一两千块钱的收入。

雄鸡高歌

周淑英说，她现在有一个愿望，就是想办一个周淑英剪纸艺术学校。她说自己从一个民间艺人成长为国家级非物质文化遗产传承人，肩上的担子非常重。她希望农村的孩子可以学到传统文化，希望蔚县的剪纸能够代代相传，生生不息。

随　评

创新才是最好的传承

杨泊轶

剪纸是最古老的中国民间艺术之一，考古遗存显示，至今已经有1500年的历史了。我国各地的剪纸有着不同的人文特点和历史烙印。河北蔚县剪纸虽说不是历史最长的，但近年来发展迅猛。2006年，蔚县剪纸入选首批国家级非物质文化遗产；2009年，又入选世界《人类非物质文化遗产代表名录》。历经岁月荡涤的蔚县剪纸为何有着如此强大的生命力呢？

蔚县一代又一代剪纸艺人用他们的实践写下了答案。

周淑英的父亲也是剪纸艺人，在蔚县剪纸老手艺的基础上创新了画、染全套技术；而到了周淑英，更是扩充了剪纸的色彩和染法，创造了杂染法、铺盖法、雾染法、叠染法等12种点染技法，丰富了蔚县剪纸的表现力。

不仅如此，在周淑英的眼里，剪纸的题材不应只局限于传统的花卉鸟兽，世间万物都是素材、大事小情皆为灵感。2018年韩国平昌冬奥会闭幕式交接仪式上，周淑英创作的11米长卷作品《冰嬉图》引来一片赞誉，这幅作品紧跟体育盛事，呈现了冰雪健儿顽强拼搏为国争光、成就梦想的恢宏画卷。

题材的创新使得蔚县剪纸与当代生活更加息息相关。而永不停歇的创新，正是蔚县剪纸蓬勃发展的根源所在。

守旧易、创新难。前辈留下的传统文化再好，也得适应时代的发展和人民生活的需要。这就靠像周淑英这样的民间艺人们大胆创新，在继承的基础上勇于变革，结合新生事物，融入新的想法，这样，传统文化才能历经岁月洗礼，焕发蓬勃生命力。

四代手艺人匠心独具潜心刻画
宝坻葫芦村产业为先造福一方

本集采写：林慧思

天津市宝坻区大钟庄镇牛庄子村，是个在京津冀交界处的小村庄。箭杆河绕村而过，自古就是良田丰沃之地。在这个小村庄里生活着 100 多户村民，一直靠种水稻为生。2012 年，宝坻区实施"一村一品"战略，小小的葫芦走进了牛庄子村，给这里带来了全新的面貌。

从天津市区出发，行车 70 多公里，记者终于到达了宝坻大钟庄镇牛庄子村。沿着笔直的村路行进，老远就可以看到村口一个高高耸立的牌坊，上面写着"葫芦小镇"四个字。这里建成了中国最大的葫芦种植基地和葫芦文化博物馆，因此，大家都亲切地叫牛庄子村为"葫芦村"。

将葫芦带进村里的，就是天津市非物质文化遗产葫芦制作技艺代表性传承人赵洧。如今，这里的葫芦文化博物馆也成了赵洧传承葫芦技艺的"大本营"。

葫芦工具

　　走进葫芦博物馆，记者马上就被形态各异、制作精美的葫芦展品所吸引。这个博物馆占地 10000 平方米，收藏了超过 20000 件葫芦展品。在这里可以看到范制、火绘、雕刻、镶嵌等多种葫芦技艺，还有来自世界各地的葫芦艺术品。除了百年珍藏的葫芦，其余的展品基本都出自赵家几代传承人之手。

　　赵洧的祖籍在河北文安，他的太爷爷赵锡容曾经是泥瓦匠。因为对葫芦着迷，太爷爷四处走访学习葫芦技艺，最后在家人的反对声中放弃了泥瓦匠的营生，成为一个以葫芦为生的手艺人。这个决定，改变了老赵家上百年的命运。

　　从太爷爷到如今的赵洧，已经传了四代，代代都以葫芦为生。赵洧坦言自己这一代的任务和祖辈不同，除了继承祖辈留下的 50 多项葫芦种植、制作技艺，还要将葫芦艺术融入产业发展中。

很多人不知道，赵浦的作品曾经在拍卖会上拍出几十万的高价。但是赵浦不满足于挣钱，他希望自己能够开拓思路，下好乡村振兴和文创产业融合发展这盘棋。

产业化、文创，不是说说就可以办到的，如何让传统文化迎合年轻人的口味，如何让葫芦从艺术品变成生活用品，这个跨越并不简单，赵洧花了不少心思。比如"葫芦＋N"的概念，就是赵洧琢磨出来的。赵洧开发了食用葫芦，除了"看葫芦"，游客还可以来"吃葫芦"。按照古法生产的葫芦茶、葫芦酒、葫芦香等都受到了市场的认可。

赵洧种植的葫芦

如今，游客在葫芦小镇不但可以看葫芦，还可以吃葫芦、学习葫芦制作技艺。休闲农业与非遗文创旅游相结合，正是赵洧这个手艺人想走的一条新路。赵洧告诉记者，全世界的葫芦一共有160多个品种，在葫芦小镇全都能找到。这里已经成了中国民间艺术的传习基地，北京、天津很多大学都在这里搞产学研联合体。

除了发展产业，赵洧跟祖辈相比还有一个很大的不同——传承技艺不仅仅局限在自家人。赵洧现在已经收了42名正式的"入室弟子"，手把手地教徒弟们制作手艺。在赵洧看来，葫芦不只是一个家族谋生的技艺，更应该带动更多的村民致富。而非物质文化遗产不能只停留在小众的把玩与观赏，更应该在产业发展中扮演更重要的角色。

从研习技艺，到做大产业；从家族传承，到广收弟子，赵洧将要把这小小的葫芦带向何处，我们不得而知。但他手里握着的，已经不仅仅是个物件，而是一股源源不断的生命力。

用坚定的心　走踏实的路

林慧思

　　赵浡作为非物质文化遗产传承人，本可以利用家传的"手艺"获得很好的收入，用他的话说"一家老小，衣食无忧"是没问题的。但是，在家人的不理解、不支持中，他却选择到乡村去开辟一片更广阔的天地。盘子大了，付出多了，收入却不一定会多。

　　但是这些年来，赵浡做的并不是赔本的买卖。他在牛庄子村建立葫芦种植基地和葫芦文化博物馆，更多的普通村民通过葫芦脱贫致富；传统葫芦技艺也开始向文化创意发展，与休闲旅游融合在一起。如果说，前三代的葫芦艺人把这项技艺发展得更深、更精，那么赵浡做到了把天津葫芦发展得更宽、更实。这些变化，源于坚定的目标信念以及开放包容的胸怀。

　　我们看到，对于一门独门技艺来说，赵浡并没有"捂着"手里的绝活，反而大大方方地收徒弟、广开课，尽自己所能把葫芦技艺传授给更多的人。在他看来，这项非物质文化遗产不能只姓"赵"，只有更多人了解葫芦文化，喜爱葫芦文化，这项手艺才能更好地传承下去。有了群众基础才能催生产业的发展，这个道理，赵浡琢磨得很透彻。

　　如何让文化发展助力乡村振兴，是一个重要的时代课题。文化创意和产业的融合，为非物质文化遗产带来了绝佳的发展机遇。而抓住这个机遇，需要像赵浡这样的人，一手有本事、一手有信念，用坚定的心，走踏实的路。

四代手艺人匠心独具潜心刻画
宝坻葫芦村产业为先造福一方

鲁锦守护者技艺精湛后继乏人
续写活历史亟待重视可有良方

本集采写：李伟民

　　鲁锦，被称作鲁西南的"活历史"，可以追溯到五千年前的父系氏族公社时期。鲁锦绚丽多彩，极似织锦，图样、花色繁多，品种上千，具有浓郁的乡土气息和鲜明的地方特色。

　　鲁锦的山东省级非物质文化遗产传承人刘春英，几十年来为鲁锦编织技艺的传承和保护呕心沥血，虽然困难重重却矢志不渝。

　　在山东鄄城鲁锦博物馆里，刘春英就坐在自己亲手织成的一幅幅鲁锦作品下面，接受记者的采访。

　　与人们熟悉的苏锦、蜀锦不同，鲁锦其实是山东民间土布的织造技

艺。按当地风俗，姑娘结婚时，必须用自己亲手织的花布做成的被褥、床单、门帘、枕头、枕巾、手巾、服饰等作为嫁妆，以显示新媳妇的灵巧和聪慧。

刘春英年轻时，是当地十里八村的"名人"。因为她能够织出难度非常高的花纹，所以经常有人请她去帮忙织布。从那时开始，刘春英就和鲁锦织造结下了难解的情缘。

鲁锦的织造，从采棉纺线到上机织布，大大小小要经过72道繁杂的工序。其中，掏综是鲁锦织造的核心技艺，根据织锦图案的设计要求，将1200根经线分别准确穿过不同位置的四个缯片。

要在这么复杂的织布机里面精准地穿线、引线，并且设计花纹，着实考验着织布者手、眼、脑的全方位协调。

刘春英指着墙上的一副名字叫作"难死人"的鲁锦布料向记者讲述了其中的秘密。这幅布料采用的是鲁锦最难的花纹样式——"灯笼花"，以花纹像一个个小灯笼而得名。之所以叫"难死人"，是因

鲁锦守护者技艺精湛后继乏人
续写活历史亟待重视可有良方

189

为蓝色的线当中还夹着一根白线，需要相当高超的技巧。即便是刘春英本人，也要两个小时才能织出一米见方的布料。

而她的徒弟，则没有人能够织这么复杂的作品。

说到徒弟，就说到了传承。这是现在刘春英最着急的事情。2014年，刘春英成为鲁锦技艺山东省级非物质文化传承人。此时，她已经从一个十几岁的少女变成了老者。鲁锦在农村也已经基本看不到了。农村人日常的布料和用品都可以方便地购买了，没有人再织布了。年轻人也多出门打工，没人愿意学鲁锦这项又苦又累还不

赚钱的手艺。

手工技法的鲁锦成品价格高，难卖。招徒弟也不顺利。刘春英仅有的几个徒弟，技术也不过关。传承的担子就这样重重地压在刘春英的身上。

与精神压力一同落下的，还有经济上的窘境。产品卖不出去，无法变现。刘春英知道，坚守是苦的。用她自己的话说，做传承人，是孤军奋战。

如今的刘春英岁数大了，身体虽然还硬朗，但是毕竟不如年轻的时候。以前能够织布到深夜的她，如今织两个钟头就要休息一下，不然身体吃不消了。刘春英承认，织布这门手艺可以被机器替代了，这是不能改变的现实。

她能做的，就是尽可能地想办法把这门手艺传下去，比如将村里还会织布的妇女组织起来，大家一起织布，生产出来的产品能卖一点是一点……当然，当地的政府部门、国内的艺术院校和企业也有很多联系到了刘春英，帮助她设计鲁锦制作的衣服、家居用品，试图从时装的角度来打开鲁锦的市场……

她和记者说得最多的一句话就是，自己也觉得累，也觉得苦，但是鲁锦手艺是老祖宗留下来的，不传下去的话，她觉得太可惜了。

随 评

乡村技艺和文化其实可以不孤独

李伟民

在我国广阔的农村地区，有着数不清的老手艺、老传统、老艺术……它们有的曾经是当地人赖以维持生计的"看家本领"，有的是十里八村津津乐道的文化消遣。这些手艺、艺术形

式在发挥着各自独特的实际功用的同时，也塑造了各具特色的地域文化，并成为增强邻里关系、凝聚人心的重要媒介。

鲁锦凭借小小的一块布料，就可以把菏泽地区广大的农村串联起来，邻里之间互帮互助又互相比拼，把当地村民热情、聪慧、勤劳、朴实的性格彰显得淋漓尽致。它激发出了古老农村内敛又强劲的活力。

然而，岁月变迁，社会的加速发展让众多农村里的非物质文化遗产面临着究竟应该如何传承与保护的难题。当刘春英这样的传承人逐渐老去，年轻人渐渐远离，这些曾经激动人心的手艺与艺术，是否难逃枯萎的命运？

物质与形式，从来都不是具有强力防腐剂的不老神话。从古传承至今的，往往是蕴藏其中的精神与文化内核。无数先秦的竹简，秦汉的绢布，宋元的雕版，明清的线册，都已化为泥土，无处可寻，但是中华民族的道德信念却绵延不绝，深深扎根于每一代、每一个人的心中。

　　刘春英的孤独，是有解的。农村的非物质文化遗产不具备广域的受众，就需要有人下一番功夫，挖掘其中的精神、文化内核，然后再赋予其适应现代的形式，比如在安徽的不少地方，政府推动下的黄梅戏走进校园，让一群群孩子放下了流行歌曲，爱上了戏曲这种古老的艺术形式；在河北张家口，"打树花"这门传统手艺与特色旅游打包，实现了一加一大于二的效果。有了适应现代的形式，吸引来一群爱好者，传承的难题也就不攻自破。

　　总之，保护和传承农村的非物质文化遗产，不止需要刘春英这样的巧匠，更需要社会多方共同努力，更新思路，创新举措。相信这些原本就诞生于乡村的手艺与艺术形式，一旦得以焕发全新生机，将为乡村振兴战略的实施带来不可想象的动力。

鲁锦守护者技艺精湛后继乏人
续写活历史亟待重视可有良方

剪纸老艺人酷爱读书博学多艺
自谑刘老怪言行特立后生叹服

本集采写：史敏　姜文婧

　　近年来，随着乡村振兴战略的实施，广大乡村地区的硬件设施、人居环境都发生了翻天覆地的变化，农民群众的物质生活水平大大提升，生活富裕了，在精神生活、文化生活方面的短板却凸显出来。"外出打工，在家打牌"成了很多农村人的生活状态。在湖南衡东，见到刘伟南老人让我们眼前一亮，他那种对艺术创新的热情，对读书的渴望和执着，对党、对家乡的赤子之心，那份自信和乐观，都让我们十分触动。活到老，学到老，奉献到老，刘老的这份精气神，最让人感佩。

　　习近平总书记指出，乡村振兴，既要塑形，也要铸魂。像"刘老怪"这样的"痴汉""奇人"再多一点，"刘老怪"也就不会孤单了。

　　"都说京腔莫向同乡打，本地的驴子不做外地的马叫。但我就是喜欢说普通话！我也特别喜欢说普通话的人。"站在湖南衡阳衡东县三樟镇的街道上，84岁的老人刘伟南对记者说。仔细一听，刘老一口顺溜的普通话里确实带着几分北方口音；定睛一看，眼前这位个子不高、腰板挺直、手中提着一纸袋衡东剪纸的老人，又确实是位地地道道的本土乡翁。

　　除了口音，刘伟南让人惊讶的还有他的口才和精神状态：目光炯炯，健步如飞，说起话来妙语连珠，思维敏捷，记忆力极好，谈话间不时哈哈大笑。

刘伟南因剪纸艺术而出名，是当地的文化名人——他是省级非遗项目衡东"大桥剪纸"的代表性人物，也是目前三樟镇唯一的剪纸传承人。

在当地，人们尊称刘伟南一声"刘老师"，刘伟南却喜欢自称"刘老怪"，他经常哈哈笑着说："刘老怪，好古怪！"这位"老怪"到底"古怪"在哪儿呢？

"刘老怪"第一怪，打破女人剪纸的局面，一剪就是73年。

"刘老怪"的故事，还是得从剪纸说起。1934年，刘伟南出生在"湖南剪纸之乡"——衡东县大桥镇（乡镇合并后现为三樟镇），这里的民间剪纸艺术发端于明洪武年间，"明清时期，大桥乡家家

剪纸老艺人酷爱读书博学多艺
自谦刘老怪言行特立后生叹服

都闻剪纸声"。不管是逢年过节、添丁祝寿，还是乔迁志庆、丧葬祭祀，当地人家都要贴不同图样、不同寓意的剪纸。在刘伟南小时候，剪纸一般都是女人的活计，他的母亲和婶婶，就是当地的剪纸高手。

幼时的刘伟南聪颖过人，读书背书过目不忘，10岁就开始帮人写对联。刘伟南回忆："农民家办酒席，都要请一个'老才'来写字，还要请一个人来剪纸花，请来了之后要招待吃饭。老乡们就跟我说：'你这么聪明，不如你把剪纸也学会，这样我们就只要请一个人吃饭了。'那时候农民家里都苦啊！于是，我回家就跟妈妈、婶婶说我要学剪纸。"从11岁开始，刘伟南就开始跟着母亲和婶婶学剪纸，很快就青出于蓝而胜于蓝，成为当地屈指可数的剪纸高手。

"刘老怪"第二怪：剪纸不走寻常路，书法+剪纸，描风景，讲

衡阳八景之石鼓江山

衡阳八景之烟寺晚钟

故事，融哲理。

　　衡东的大桥剪纸源远流长，地域特色鲜明，刘伟南将剪纸和刻纸相结合，刀剪并用，技法古朴而细腻，又融入了不少现代元素，在他手中，原本俚俗的民间剪纸能登大雅之堂。如今，在衡阳当地多个文化馆所都能看到刘伟南的剪纸作品。刘伟南的剪纸充满了创意和灵动的情感，他不喜欢总是剪现成的样子，他剪龙，就剪出了100多种样子。在他的剪刀下，纸花不仅是一种约定俗成的装饰品，还能描风景、讲故事。

刘伟南剪纸作品不仅斩获过多个省级、国家级大奖，还有力推动了衡东县"大桥剪纸"申报成为省级非物质文化遗产项目，使剪纸艺术成为当地一张文化名片。

刘伟南常说："雷同不是艺术，创新才是艺术。"直到现在，他依然在不停"折腾"些新东西，"去年我又创了两个新。"他告诉记者："一个是把剪纸和毛笔书法相结合，一个是把剪纸和外文结合，剪纸上剪外文。"此外，他还把抽象的学问、哲思也剪到纸花中，极大丰富了剪纸的表现力和文化内涵。

龙

刘伟南的剪纸兼具观赏性和收藏性，慕名而来的人越来越多。别人要，他就剪，一天到晚忙个不停。刘伟南说："我出名也是群众把我推上了前台，只要群众需要，我就一直剪下去！"实际上，创作剪纸不轻松，要构思、要刻版、要写字，最后才是一点一点剪，刘伟南乐此不疲。

不可否认的是，随着时代的发展，传统的手工剪纸正在一点点淡出老百姓的日常生活。现在，乡亲们办喜事还是会贴窗花、贴喜字，不同的是，他们现在多了一种选择：商店里有印刷好的现成品。"刘老怪"的执拗劲儿又上来了，他坚持要手工剪："外面买的能和手剪的一样吗？印刷的都是千篇一律的、干巴巴的！还是我剪了给他们拿去。"有人说，刘老你怎么这么好，不要钱给别人剪？他回答说："钱，买不到真情。"

许多传统手艺渐渐凋零的今天，刘伟南希望能把剪纸这门艺术传播下去。从 20 世纪 90 年代开始，他在当地学校、文化馆等地方传授剪纸技艺，分文不取。如今，已经年逾八十的刘伟南依然坚持每隔一段时间就到衡东县三樟中学教剪纸。

合面折、点头折、跪折……剪刀灵巧地张合，再徐徐展开，千变万化的纸花就出现了。孩子们已经学了一段时间，大红"囍"字也能剪得有模有样了。

"刘老怪"教剪纸有一套，他专门为孩子们发明了一种教学方法，叫"乱剪"："'乱剪'的学名叫'随心所欲'，凭我们的想象，想怎么剪就怎么剪。"刘伟南说："孩子们特别喜欢！'随心所欲'可以剪一千种、一万种，剪出来绝对没有相同的。"刘伟南教给孩子们的"乱剪"，其实就是激发想象力、培养艺术创意。

刘伟南常说，学剪纸并不单单是学一门技艺，关键是培养心灵手巧。"不管男人还是女人，心灵手巧是无价之宝。"

"刘老怪"第三怪：剪纸还不是他最爱，能文能武是全才；当作家是梦想，自信"语言比莫言有味道"。

刘伟南将剪纸和书法相结合

　　刘伟南以剪纸出名，其实他的才艺还有很多。用当地土话说，就是做什么都很"里手"（意为"在行"）。细细数起来，刘伟南会打山歌，演皮影戏，会打拳，还会裁缝、木工、盖房子……有人为他总结成一句话："琴棋书画剪，诗词歌赋剧，吹拉打唱艺，能文能武是全才。"

　　什么都会，什么都学，这和刘老的勤奋分不开，他每做一个事情都喜欢钻研，一钻研起来吃饭睡觉都可以不要。"去年我尝试一个人演皮影戏。"刘伟南兴奋地告诉记者，他一个人既演又唱还要伴奏，还能反串女角。说到兴起刘伟南还能现场唱上一段："来到三湘抬头看，山上树木更葱茏，此山必定有强盗……"

　　刘伟南的人生经历十分丰富。青年时代的他在沈阳参过军，退役之后他选择了去读书。1959 年，从部队退伍的刘伟南为了上大学从东北回到了南方，并考上了上海戏剧学院的戏剧文学系。但遗憾的是，不久以后因患上了肺疾，刘伟南不得不办理了退学手续。"当时好难过啊！那么想读书！结果退学了，当时都觉得活不下去了。"时隔这么多年，刘伟南说起这件事还是红了眼眶。从大学退学是刘伟南一生的遗憾，为了完成求学的心愿，刘伟南坚持多年锻炼身体，发奋自学，通过自考先后完成了两个本科学位的课程，还曾在中国管理科学研究院任教两年。正是在这个过程中，刘伟南练出了一口流利的普通话和口才。

多年来，刘伟南最爱的还是读书，爱得如痴如醉，可以说是嗜书如命。刘伟南说："我婆婆（当地方言，意为老婆）说我就是个'书报癫子'，书是命！我就跟她讲嘛，老婆你是我的第二爱人，我的第一爱人是书。"直到现在，刘伟南依然坚持每天读书，他喜欢读国学经典、马列哲学著作，背毛泽东诗词，还自学了逻辑学、法学。

"每天背一首诗，听一首音乐，写一篇日记。"这是刘伟南坚持了多年的生活习惯，他特别认真地对记者说："我还研究了一点细胞学，人的脑细胞是越用越活的，所以要活到老，学到老。"刘伟南心中还有大梦想——从90岁开始动笔写一个电视剧本。题材他已经想好了，只不过现在还要保密。"以前我一直想当作家，我觉得我的语言比莫言更有味道！"刘伟南自信满满地说。

在衡东县，人们都说刘伟南是奇人、是痴汉，像他这样一辈子不打牌、不想赚钱、如痴如醉喜欢读书写字剪纸的人，在当地再也找不出第二个。"刘老怪"的绰号越叫越响，乡亲们用钦佩的目光看待刘伟南的同时，他也成了乡镇里的一个"异类"。刘伟南坦言，有时候周围的人并不是很理解他，包括他自己的子女。他说："我的三个孩子都是大学生，但我经常跟他们讲，高学历不一定就等于有文化。我希望我们国家特别是农村里爱读书的人多一点，这个就是我的心愿吧。"

随 评

"新乡贤"难有，更得用好

史敏　姜文婧

采访刘伟南老人很轻松。84 岁高龄了，耳聪目明不说，他的知识面、他的精气神，他的信仰、经历，他的智商、情商，很快就能让你折服。越往后采访你越觉得：他不是一般的剪纸艺人，也不是一般的乡土文化人才，而是一位可以称作"新乡贤"式的人物。

如今的乡村振兴，需要乡土文化人才，更需要新乡贤式的人物。因为品德和才能层次更高的新乡贤，可以参与到乡村治理中并发挥独特的作用。问题在于，我们怎样能发现这些新乡贤，并把他们组织、团结在党的基层党组织周围，让他们充分发挥贤德、贤才，在乡村治理和乡村振兴中有角色、有舞台，能吸引和感召广大的农民群众，认可和践行社会主义核心价值观。

"乡贤治乡"曾是中华传统文化的一个特别现象。漫长的中国封建社会"皇权不下县，县下唯宗族，宗族皆自治"，那些有威望的族长、告老还乡的官吏、有文化的未入仕或落第士子，组成了乡绅阶层，其中"德高望重"的被称作"乡贤"，他们在风习教化和乡村治理中起过重要作用，是旧时乡村治理和稳定的基石。当然，因其依附的生产力和生产关系是自给自足的小农经济和封闭腐朽的封建制度，最终必然被进步的革命历史洪流所冲垮。

建立在社会主义制度下的新乡贤文化，秉承传统乡贤文化的崇德向善、诚信友爱、和谐共生的精华，摒弃封建制度下等级森严的权力依附、宗族依附、人身依附等糟粕，体现着社会主义核心价值观，是我国新农村振兴与发展不可或缺的文化力量。被赋予这样时代使命的新乡贤，不论家世出身、有否官位，只要是爱党、爱国、爱乡、拥护社会主义制度、有文化、有才干、有情操、愿为乡村治理和乡村振兴出力的人，皆可

纳入我们的视野，被认定和组织起来。于是，在乡的、回乡的或下乡的离退休干部、退伍转业军人、退休教师、成功企业家、创业青年等，都能选出一批新乡贤，成为现代乡村治理体系中一股不可小觑的力量。

自从习近平总书记在党的十九大提出了乡村振兴战略，今年中央一号文件又明确指出：要培育富有地方特色和时代精神的新乡贤文化，发挥新乡贤在乡村振兴中的作用，一些地方已有所行动。有的通过走访考察或农民群众评议，确认了新乡贤式的人物，有的在基层党组织下成立了新乡贤参与乡村治理的理事会、执委会等。但就多数地方的情况看，这项工作还比较

剪纸老艺人酷爱读书博学多艺
自谑刘老怪言行特立后生叹服

203

滞后。一方面，由于城乡生活条件的差别，能够常驻乡下的新乡贤人物原本就不多；另一方面，有些可以作为新乡贤人物的还未被当地组织"看上"，未被吸纳并参与到乡村治理中来。于是，我们的基层干部还是忙碌得很。的确"上面千条线、下面一根针"，方方面面的贯彻、落实，包括上面过多的检查、考核等，压得乡镇干部们有些喘不过气来；但如果我们能够做好新乡贤这篇文章，组织和利用好他们参与到乡村治理的事务中，是不是可以既促进乡村治理和乡村振兴的工作，又能为村镇两级干部们减轻一些工作量呢？

当然，发掘和使用新乡贤不是说着这么简单，会有不少具体甚至复杂的情况和问题，譬如：如何能选出德才兼备的新乡贤？如何使新乡贤在群众中有足够的威望和影响力？新乡贤的合理化建议和意见如何能被听取和采纳？新乡贤参与乡村治理总要有些活动经费，能从哪里出？等等。

总之，在我国乡村治理和乡村振兴任务繁重的今天，用好"新乡贤"也是当务之急。中央的大政方针已定，下面要切实谋划起来、行动起来，探索前进、积累经验，早做好早受益。

千年古技法逆境求生迎难而上
马村造纸人开拓思路推陈出新

本集采写：史敏　刘旻嗜　何鹏　韩民权

马村，位于四川省夹江县北面的山岭沟壑之间。这里竹林遍生，郁郁葱葱。唐代，夹江便开始"以竹料手工造纸"；夹江竹纸，曾被康熙皇帝钦定为贡纸，被乾隆皇帝钦定为"文闱卷纸"。

在古法造纸的72道工序中，抄纸，是最具技术性的。造纸师傅需要双手握住竹帘，放进浸泡纸纤维的大缸，前后左右一晃，一层自然纵横交叉的纤维就上了帘。

据夹江大千纸坊第十三代传承人石利平介绍，20世纪40年代初，著名国画家张大千曾两次来到大千纸坊，指导造纸师傅在竹浆中加入麻纤维来提高纸的韧性，又在纸浆中加入一定比例的白矾、松香等成分，来增强纸的抗水性和洁白度，并且将纸的幅面规格提高至4尺和5尺。

现在，大千纸坊的效益还算不错，一年的销售量大约4000刀，但回想2000年前后的经历，夹江人至今心有余悸。

20世纪90年代中期，不良商家为了追求利润，将次品纸混入夹江纸中，在市场上一并销售。结果可想而知，夹江纸在市场上的

大千纸坊

声誉一落千丈，越来越多的书画家开始排斥夹江纸，认为夹江纸太粗糙，无法使用。

为了自救，石利平背上自己的纸走出夹江，想找国内的专家、书画家帮忙鉴定一下真正的夹江手工纸。可无论在山西还是在江苏，石利平总是被误认为是来推销纸的业务员，随后被"请"出了门。

好在，功夫不负有心人。石利平几次三番登门拜访，专家终于接过纸，拿笔试了试，却一脸疑惑对石利平说："这纸质量这么好，怎么可能是夹江纸呢？"石利平说，这些纸都是自己从马村背来的，它们才是真正的夹江手工纸。

2006年，夹江马村的竹纸制作技艺终于被列为首批国家级非物质文化遗产。

30年前，马村家家户户以造纸为生。如今，真正在马村留下来的手工纸厂只有三家了。状元纸坊，就是其中之一。

状元纸坊，原名杨家纸坊，300多年来，杨家将手工造纸手艺

抄纸

晾晒

取纸

切割宣纸

千年古技法逆境求生迎难而上
马村造纸人开拓思路推陈出新

体验古法造纸

作为立家之本、传家之宝，代代相传。杨宏伟是杨家竹纸制作技艺第 14 代传承人，今年 23 岁。

　　杨宏伟的爷爷杨占尧，是当地有名的手工造纸能手，因为能抄出一丈二尺的大国画纸曾被评为"纸状元"，这个荣誉一直挂在杨家堂屋里最显著的位置。2006 年，杨家纸坊改名状元纸坊。

杨宏伟从小生活在乡村，生活在造纸人家。大学期间，只要一有假期，他除了去支教，就是回到纸坊帮忙，成了一位讲解竹纸制作技艺的授课老师。

　　杨宏伟说："'非遗'为什么会成为'非遗'，就是因为在现代的这种技术之下，它原本的技艺不能维持着这个技艺的发展，那么我们就要找到新出路。"

　　现在，除了古法造纸，状元纸坊还在发展乡村深度游的基础上，承担了纸文化的宣传与推广，发展之路越走越宽。各地慕名而

杨宏伟在介绍竹纸制作技艺

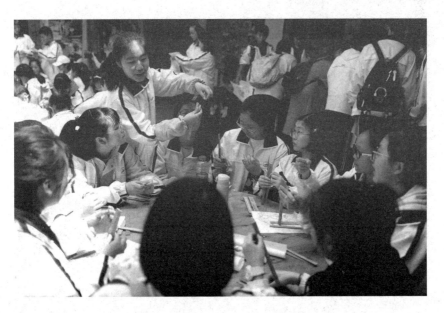

千年古技法逆境求生迎难而上
马村造纸人开拓思路推陈出新

体验造纸

来的游客，在参与造纸的过程中，感受到了中国文化的魅力。

每到假期，总有不少孩子来纸坊体验造纸，收获劳动的快乐。

杨宏伟说，体验造纸终究只是了解传统文化的一个侧面，夹江有很多好的文化，比如手工造纸、年画、竹麻号子等，状元纸坊目前打造的就是一个以纸文化为主题，并且把其他的本土文化辐射性地加在一起，能够让大家一走到状元纸坊，就能够看到更多非遗的文化。

现在，愿意留在马村的年轻人越来越少了，但杨宏伟却说，如果有可能的话，他愿意让自己未来的孩子在乡村长大，因为马村有祖先们留下的记忆。

在发展中传承

刘旻嚝

　　一千多年来，马村的古法造纸工艺上承晋代的"竹纸"生产工艺，下与明代《天工开物》所载工序完全相合，再现了伟大的蔡伦造纸术，体现了它独特的艺术价值和市场价值。但很多人不知道的是，古法手工造纸是会产生污染的。手工造纸有个非常重要的环节——制浆，在蒸煮的过程中会产生黑液，又黑又臭。一千多年来，黑液就直接排到附近的马村河里去，导致马村河的水质已经达到了劣五类。这在越来越重视环保的当下，无论从政策到民意都是不允许的。

　　夹江是千年纸乡，如何改变传承了一千多年的老规矩？夹江人的办法让记者惊讶之余，不禁竖起大拇指。夹江县多次邀请治污专家到夹江进行现场调研指导，最终决定采用"集中制浆，统一治污，分户造纸"的方法，有效控制了水污染的问题。造纸制浆的废水是碱性的，而当地刚好有家制砖厂，烧煤排放的废气是酸性的。利用现代技术让酸碱中和，就能同时解决两个污染源，可谓一箭双雕。现在，清澈见底的马村河又可以绕着蜿蜒的村道缓缓向下游流去了。

　　不仅如此，夹江造纸在保留古法造纸技艺的同时，逐步开发出了各种用途的机制纸。纸坊还可以根据书画家的不同需求，调整造纸原料的比例，以定制各类高端手工书画纸。夹江人正以古法造纸为圆点，以夹江传统文化为半径，画出了一个属于夹江人自己的圆。

适应时代需求的传承才是有生命力的传承，对于民间技艺，更是如此。夹江妥善处理好了古法造纸与环境保护之间的关系；山西的杨宗新老人，在版画的基础上开发出黑白画稿，能同时用于砖雕和葫芦烫画；山东农民作家潘维建的作品，从儿童文学发展到乡村观察纪实；河北蔚县的"打树花"，从乡间野趣升级为旅游产业……虽然各有艰辛，却依然顽强成长，挤出夹缝，站向更高的平台，迎来蓬勃生机。只有这样的文化才是有生命力的文化，才能够得以代代相传。

这不禁让人想起种子的力量，"为着向往阳光，为着达成它的生之意志，不管上面的石块如何重，石块与石块之间如何狭，它总要曲曲折折地，但是顽强不屈地透到地面上来"。这些至今活跃于乡村的民间文化，难道不正像一颗颗饱浸中华文化基因的种子，带有强烈的生的意志，在不断地尝试中生生不息，化作乡野繁花，漫山遍野，装点壮阔山河。

| 后 记 |

　　掩卷之际，眼前仍回闪着那些才艺在身、性情朴实的农民形象。

　　"乡野繁花秀山河"，这个书名是发自心底的慨叹。

　　2018 年下半年，我们先后前往全国 20 多个省区市，采访了 30 多位乡土文化人才，并制作推出了广播和新媒体系列报道；今天又将它们重新整理，汇集成册，呈献给读者，期盼人们了解、赏识、关爱和思考。

　　这是一次对乡土文化人才的集中报道和展示，更是从乡村文明和乡村振兴的立意出发，通过乡土文化传承的视角，对乡村文化现状的一次探寻和考察。生机勃勃又新奇多元的乡土文化艺术及其主人公，一次次冲击着我们对农村文化生态的想象边界。

　　我国有近 70 万个行政村，就算百个村里出 10 位乡土文化艺术人才（最低的估法），也有 7 万之众。因此，我们这次探寻和采访，用"太仓一粟""挂一漏万"形容并不夸张。由于条件、时间、精力的关系，很多我们记挂着要采访或者县乡推荐我们采访的对象，未能走到，留下遗憾。但我们的脚步不会停止。

　　作为从事对农广播的媒体人，走进乡村、走近农民，写出带

"泥土味""山花香"的报道，充分展示中国农业、农村、农民的新成就、新风貌、新生活，是我们的责任所在，也是收获所在、欢欣所在、成长所在。

此次采访，北到黑龙江、南到云南、西到宁夏、东到山东，我们辗转各类交通工具，"一竿子到底"直奔农户那去；我们有过风雨无阻的采访，鞋子、裤腿上沾满泥巴；我们多是"传帮带"式的老中青搭配，一路采访一路研讨；我们围绕采访主题和主人，既提问、倾听、记录，又观察、分析、思考，于是报道之外还有评论。所以，这也是一次实实在在的"四力"教育实践活动，是对自己"脚力、眼力、脑力、笔力"的一次锤炼和检验。

我们更企盼的是，用我们的行动影响更多的人关爱支持乡土文化人才。今天随着农村经济的发展、生活条件的改善，越来越多的农民群众对精神生活有了新的追求，他们看到"文化"也是产品、也能致富，乡土文化有了良好的"振兴"氛围。但总体看，各地表现不均衡，关键还是农村乡土文化人才稀少，且不少停留在"自我成长、自我展现、自我收益、间接带动乡邻"的阶段。因此，亟待各级政府和社会各方面，力促乡土文化人才的繁生，并组织他们在乡村里充分发挥好引领和带动作用。

乡野繁花香馥远，埂上蜂蝶舞翩跹。乡土文化兴盛的乡村，不仅有山有水有乡愁，更有繁花似锦的希望与未来。